KB118362

나는 나를 간질일 수 없다
이희중 시집

문학동네시인선 098 이희중

**나는 나를 간질일 수 없다**

## 시인의 말

    시집 낼 곳을 정하고도 긴 시간을 보냈다. 준비하는 시간을 즐겼다고 해야 할까. 앞 시집을 낸 해 낳은 아이가 겨울 오면 고등학교에 들어갈 나이에 이르렀다. 시인이 아닌 시간을 즐겼다고 해야 할까.

    병고로 노년을 보내고 계신 두 분 육친과, 자라는 두 아들 함께 몇 해 전부터 한집에 산다. 나를 길러주신 이들과 내가 기르는 이들 사이, 내 자리를 새겨보고 지난 자리를 돌아보는 일이 잦다.

    여기, 이 뜨거워지는 별 위에서 욕심에 휘둘리며 살아가다가 우리 모두 헤어지리라. 그러나 언젠가 저기, 지금은 알지 못할 어디서 다시 만나게 될 것을 믿는다.

    내려놓고 보니 걱정 한 보따리다. 사람들 사이로 돌아가지 않고 더 먼 데로 가 혼자 머물고자 한다.

2017년 초가을
이희중

# 차례

아우들에게,
미숙한 형 오빠였던 날들을 미안해하며

# 1부
속 깊은 서가

## 흔적

짜장면을 먹으면 몸에 흔적이 남는다
옷에 튄 검은 점들
입안에 들어가기 전 격렬하게 흔들리는 면발이 문제다
그래서 지혜로운 사람은 짜장색 옷을 입는다
아니면 아예 먹지 않는다

구운 땅콩을 먹으면 낮은 데 흔적이 남는다
발아래 흩어진 얇고 질긴 속껍질들
무언가를 지키도록 생긴 것들의 최후가 문제다
그래서 지혜로운 사람은 노천에서 땅콩을 깐다
아니면 아예 그냥 먹는다

사람도 만나면 살에 흔적이 남는다
다시 혼자일 때 살아나는 숨소리 또는 체온
그리고 뜻 없는 웃음, 채 알아듣지 못한 속삭임
잃은 온기를 바깥에서 구하는 버릇이 문제다
그래서 지혜로운 사람은 실내를 따뜻하게 한다
아니면 아예 만지지 않는다
만지지 않으면 낭패 대신 후회가 남는다

# 상처론(論)

상처와 통증은 서로 다른 곳에서 온다
상처가 있는데 통증이 없을 수도 있다
통증은 있는데 상처가 없을 수도 있다
보통 통증은 상처보다 늦게 온다
상처를 알고 들여다보기 전까지 대개 통증은 없다

그 시절, 나는 얼마나 평온했던가

칼날이나 그 비슷한 것이
살갗을 가르고 지나간 후
바로 들여다보면 상처가 잘 보이지 않는다
아직은 아프지 않다
조금 기다리면 통증은 배어나는 핏물과 함께 온다
상처는 피로 증명되고 피 다음에 통증이 온다

그 아침, 피를 보지 말아야 했다
고개를 돌린다고 다 피할 수 없는 것들이 세상에는 있다

모든 상처가 흉터로 남는 것은 아니다

## 책의 생태학


책은 아주 천천히 미끄러져 나온다
한 해에 이 밀리미터씩

책들은 이웃과 사이가 좋아
옆에 있는 책들과 함께 움직인다,
서가 벽 사이에 너무 끼이지만 않으면

주인이 한 해에 한 번쯤, 한 권이라도
꺼내보고 다시 꽂으면서
제대로 끝까지 밀어넣는다면
그 참에 이웃들까지 제자리로 밀려들어간다

그러나 여러 해 아무도 건드리지 않으면
서가 같은 칸에 꽂힌 책들은 어깨동무를 하고
아주 조금씩 앞으로 나온다, 주인 모르게

책의 너비는 평균 백오십 밀리미터,
서가 깊이 또한 그와 비슷하다면
책들은 대략 마흔 해 앞뒤로 균형을 잃기 시작해
쉰 해 앞뒤로 모두 바닥에 떨어질 것이다

그래서 속 깊은 목수는
스무 해 못 되어 서가가 내려앉게 만들거나

선반을 더 깊게 하여
주인이 살아 있을 동안은
책들이 굴러떨어지지 않게 한다,
그 참혹한 꼴을 못 보게 한다
살날이 많이 남은 어린 사람의 서가는 더 깊게 한다

책들은 저를 만든,
진작 저를 쓸모 있는 무엇이라 여긴 것들이
저를 돌보지 않을 때
조금씩, 함께 앞으로 나온다

그들이 더 밝고 넓은 곳으로 나오려는지,
벼랑으로 다가서려는지는
아직 세상에 바르게 알려지지 않았다

## 도끼의 값을 묻다


본디 이 연장은
서 있는 큰 놈을 억지로 눕힐 때나
누워 있는 큰 놈을 세로로 쪼갤 때 쓴다

처음 알 때부터 이 연장을 무서워한 나는
아마도 이 연장의 쓸모를 오해하거나 과장하는 사람
아니면 스스로를 큰 놈 또는 나무라고 생각하는 사람

나무의 공포를 타고난 사람
전생이 나무였는지도 모르는 사람
후생이 나무일지도 모르는 사람

피의 온기를 지키려고, 땔감을 장만하려고
햇살조차 차가운 산 바깥
면 소재지 길가에서 도끼의 가치를 묻는다
쇠붙이를 파는 젊은 여인은 이미 거래에 능숙하고
이 연장을 오해하는 나는 미숙하고 불편하다

—숫돌에 갈아서 써야 하나요
—꼭 그럴 필요 없어요

그렇겠지, 이 연장은
긋거나 자르거나 깎거나 다듬거나 미는 무엇

이 아니라 내리치는 무엇
칼보다는 망치의 혈족
벼린 날이 오히려 번거로울 따름

자주 산마을에 들어와 자게 되면서 난생처음
내 몸은 도끼를 든다, 본다, 들어본다, 흔들어본다

젊은 주인은, 사로잡은 사나운 짐승의 눈을 가리듯
종이봉투로 날을 감싸고
다시 검은 비닐봉지에 넣어서 건넨다

—난, 나무를, 이미 죽은 나무를 쪼갤 때만 쓸 거요,
말하려다 그만둔다

## 난세(亂世)의 산수화

이제 산을 오르지 않는다
흙덩이 속으로, 바위틈으로, 숲으로 들어가지 않는다
오르지 않아서, 들어가지 않아서 산과 나는 멀어진다

젊은 날에는 나도 큰 산 깊은 속에 들어가
몸으로 산을 겪으며
사람 지운 세상의 깊이를 가늠해보기도 했다

그러나 안 한다, 이제는
내가 곁에 있으면 이미 비인간(非人間)이 아닌 것
돌아보면, 큰 산을 내려올 때 나는 늘 아프지 않았나

더는 산을 몸으로 느끼고 싶지 않고
내 몸으로 산을 건드리고 싶지 않고
아프고 싶지 않고

옛날 가까이서 겪은 큰 산 깊은 속은
이제 내 몸에서 멀어서, 내 안에서 더 싱싱하다
마음이 싱싱해진다, 떠올릴수록 그 형상은
희미해지고 나도 뚜렷이 희미해지고

나와 산 사이는 더 벌어지고
산은 더 산다워진다

산을 떠나면 더 큰 산을 볼 수 있다
산을 등지면 더 많은 산을 볼 수 있다

## 황씨 할아버지 봄 들판에 아들을 불러오시다


밝은 봄날 오전
할아버지, 밭 가운데 서 계시다

젊은 날엔 누구보다 손매가 야무져
개울둑, 밭두렁, 울타리, 초가 벽에
단단하고 보기 좋게 돌 쌓는 솜씨로 이름높으셨다던,

지지난 여름인가 연마기로 예취기 날 벼리다
팔을 다쳐 여러 달을 병원에 계셨던,
그후 들일 힘에 부쳐 보이시던,

황씨 할아버지, 오늘
김 오르는 밭 가운데 서 혼자 계시다

몇 해 지난 가을 저녁 밭두렁에서 소주 한잔 두고
오래전 여읜 시퍼런 아들 얘기하다 문득 그치시던

늦은 아침 지어 먹고, 나

다시 밖을 내다보니, 할아버지
밝은 볕 아래서 일을 시작하셨다
본 적 없는 건장한 젊은이와 함께
두런두런 이야기도 나누시며

산골 봄날 풍경 하도 따뜻해 의심할 것 한 점 없다

## 미안하다 1

꽃들아, 미안하다
붉고 노란빛이 사람 눈을 위한 거라고
내 마음대로 고마워한 일
나뭇잎 풀잎들아, 미안하다
너희 푸른빛이 사람을 위안하려는 거라고
내 마음대로 놀라워한 일
꿀벌들아, 미안하다
애써 모은 꿀이 사람의 몸을 위한 거라고
내 마음대로 기특해한 일
뱀, 바퀴, 쐐기, 모기, 빈대 들아 미안하다
단지 사람을 괴롭히려고 사는 못된 것들이라고
건방지게 미워한 일

사람들아, 미안하다
먹이를 두고 잠시 서로 눈을 부라리고는
너희를 적이라고 생각한 일
내게 한순간 꾸며 보인 고운 몸짓과 귀한 말에 묶여
너희를 함부로 사랑하고 존경한 일
다 미안하다
혼자 잘난 척, 사람이 아닌 척하며
거추장스러워 구박해온 내 마음에게도

작은 것이나 큰 것이나

남을 위해, 사람과 세상을 위해 살기보다
제 몸과 제 마음을 위해,
또 제 새끼를 위해 사는 이치를 이제야 알아서
정말 미안하다

## 짜증론

모름지기 짜증은 아무한테나 내는 것이 아니다 짜증은 아주 만만한 사람한테나 내는 것이다 그러므로 세상에서 짜증을 받아줄 마지막 사람은 제 엄마다 엄마들은 보통 자식의 마음과 제 마음속을 분간 못하는 불구, 자식들은 엄마에게 어떤 원죄가 있다고 믿는다 어떤 빚이 있음을 본능으로 안다 짜증이 심한 사람은 엄마만 아니라 다른 식구들한테도 짜증을 낸다 필시 이 사람은 제 식구를 아주 만만하게 생각하는 사람이다 달리 보면 식구를 예사롭지 않게 믿고 사랑하는 사람일지도 모르겠다 더 심한 사람은 남한테도 짜증을 낸다 이 사람은 아주 힘있는 놈 아니면 망나니임에 틀림없다 짜증낼 사람이 하나도 없는 사람은 저 자신한테 짜증을 부린다 이 사람은 저 자신을 만만하게 생각하는 사람이다 아니면 저 말고는 아무도 안 믿거나 못 믿는 사람이다 이도 저도 아니라면 이 사람은 필시 세상에서 가장 외로운 사람

## 범론

　세상에 그런 종내기가 하나쯤 있어야지 그래야 건방진 것
들이 두려움을 알 기회를 얻지 그런 짐승이 아주 많을 필요
는 없겠지 다만 없지만은 않아서 착한 놈이건 못된 놈이건,
모진 놈이건 둥근 놈이건, 가끔 느닷없이 하나쯤 물어가기
도 해야지 아무나 물어가도 사람들은 저희들이 모를 별스
런 까닭이 있는 거라 믿으면서 두려워하면서 조심하면서 살
아가지 않겠나

　피뢰침을 세우고 자주 집안에서 웅크리는 바람에 이제 벼
락 맞는 일도 없고, 움직이는 쇳덩어리, 내려앉는 돌덩어리,
넘치는 물 따위가 더러 해코지하기도 하나, 도무지 소란하
고 심란해서 횡사의 이유가 된 잘잘못을 곰곰이 짚어볼 여
가도 없고 그래서 동물원 말고 이제 다시 울창해진 저 깊
은 산 숲속에서 맑디맑은 큰 눈에 불똥 뚝뚝 떨구는, 신령
한 불길을 간직하며 오래 말없이 홀로 때를 기다리는 그런
종내기가 하나쯤 있었으면 하는 거지 그러면 개나 소나 말
이나 겁없이 산에 가지 못할 테고 함부로 물길을 거스르지
도 못하겠지

## 간지럼론

  간지럼은 간지르다 또는 간질이다라는 말이 가리키는 몸
짓에 이어지는 느낌으로, 간지럽다라는 말과 이웃이다. 함
부로 생각하면 간지럼은 몸에서 일어나는 대수롭지 않은 반
응으로 보인다. 우리 살갗 어디를 한동안 아프지 않을 정도
로 건드리거나 만지면 이 느낌이 생기는데 이어지는 몸짓은
대개 웃음이다. 이는 빙긋이 짓는 웃음과는 틈이 있을 때가
많아서 훨씬 더 세찬 웃음이라 말해 옳을 것이다. 또는 모
기한테 물렸을 때처럼 낯선 것이 몸속으로 흘러들어와 몸이
이를 몰아내려고 벌이는 작업 때문에 비슷한 느낌이 인다고
볼 수도 있을 텐데, 따져보면 이는 웃음을 이끌고 오지 않으
며 근지러움이나 가려움에 더 가까워서 서로 같다 할 수 없
고 간지럽다가 아닌 근지럽다라는 말이 가리키는 모양새와
이웃인 점에서 다르다.
  하나 이렇게 해서는 아직 다 따지지 못했다. 몸의 반응만
이 아니라 마음의 반응도 끼어든다는 점에서 더 헤아려볼
곳이 남는다. 내가 나를 간질여서는 간지럼이 잘 일어나지
않는다는 예사롭지 않은 사실을 그냥 지나치면 안 된다. 간
지럼이 일어나지 않으면 간질이는 몸짓은 완성되지 않으니
다시 그 원인이 성립하지 않게 된다. 이것이 간질이는 몸짓
과 간지러워 하는 느낌과 웃는 몸짓이 늘 잇달아서 함께 일
어나야 하는 까닭이다. 간지럼은 어떤 뜻을 숨기고 움직이
는 남과 그 몸짓을 입는 나 사이의 관계가 열쇠인 매우 특
이한 마음의 움직임을 요구한다. 간지럼을 일으킬 수 있는

몸짓을 하는, 곧 간질이는 남을 보는 나의 부드럽고 따뜻하고 가까운 느낌이 먼저 있어야 한다. 그렇지 않으면 간질이는 몸짓은 폭행과 구별하기 어렵다. 완성된 간지럼은 웃음을 부른다는 점에서 쾌감 쪽에, 오래 견디기는 어렵다는 점에서 고통 쪽에 닿아 있다. 그러므로 간지럼은 고통과 쾌감의 경계에 선 느낌인데 이는 성적인 자극을 원리와 속사정에서 닮았다고 하겠다. 요컨대 간지럼과 이에 이어지는 웃음은 남과 나 사이에 이미 마련된 친근함의 확인이며 더는 견딜 수 없다는, 고통의 표시이자 경고이다.

간질이는 남의 몸짓과 이어지는 간지럼이라는 나의 느낌과 다시 이어지는 웃음이라는 나의 몸짓은 남과 나, 둘 사이에 일어나는, 몸보다 마음의 간여가 두드러지는, 행동과 느낌이 뒤섞이는, 관객을 배려하지 않는, 두 사람이 배우이자 관객인, 매우 복잡하고 아름다운 공연이다. 이는 자주 연인 간에, 가족 간에, 특히 어머니와 자식 간에 시연된다. 그러므로 간지럼은 한 사람이 아주 적은 수의 사람과만 나눌 수 있는 무엇이다. 나는 나를 간질일 수 없다. 이 세상에서 나를 간질일 수 있는 이는 누구인가.

## 지금 일어서면

지금 일어서 걷기 시작하면
다시는 기던 시절로 돌아갈 수 없는데
너는 한사코 일어서려 하지
더 높은 데서 세상을 보려 하지

누운 몸을 엎어 처음 땅을 보던 날
사지를 버둥거려 몸을 조금 옮기던 날
팔을 버텨 상체를 세우던 날
그리고 배를 들어 네발로 기던 날
들을 잊고 너는 앞으로, 위로만 가려 하지

그 길이 네가 살아남는 길일 터이나
걸어야 할 길은 다 보이지 않고

이제 일어서면 한동안 땅에서 멀어져
균형 잡는 노고와 긴장에도 익숙해져
바쁘게 뛰어다녀야 하는데,
때로 두 팔을 휘저으며 휘청거리며
제 키를 받아들이고
더 오를 수 없는 세상을 안고 살아야 할 텐데

## 사람의 시간

제 속도에 이른 고속열차
와 같이 뒤돌아보지 않는 자연의 시간
과 달리 사람의 시간은
그 주인이 죽치고 사는 터가 바뀌면 새로 시작한다.
그리고 그가 그 터를 떠나면 멈추었다가
돌아오면 이어간다.

재독 작곡가 박영희 선생은 스물아홉에 한국을 떠났는데
고국을 떠올리면 지금도 스물아홉이 된다고 티브이에 나
와서 말한다.
재미 시인 마종기 선생도 가끔 한국에 와 지낼 때 뵈면
그분이 떠났던 스물여덟 살에 이어 살고 있다는 생각이
드는 때가 있다.

그렇다면,
전주의 국밥집에서 밥 먹을 때 내 나이는 열하나,
서울 수유리 옛 골목을 걸을 때는 내 나이 스물다섯,
내 고향 밀양 남천 강변에 앉아 있으면 내 나이 열둘,
처음 가본 여행지에서 나는 겨우 한 살,

그래, 낯선 도시로 이사한다면
다시 태어나 다시 시작할 수 있다.

# 총론(銃論)

　이 묘한 물건은 칼, 창, 도끼 따위를 들고 싸움터에 나가
적의 몸을 손수 베거나 찌르거나 찍을 용기가 없는 겁 많은
놈이 처음 생각해냈음이 틀림없다. 그놈은 필경 제가 적의
몸을 베거나 찌르거나 찍으려 하는 사이 저쪽이 먼저 제 몸
을 베거나 찌르거나 찍을 사태를 무엇보다 염려한 사람이었
을 것이다. 혹 이보다는 조금 더 용감했다 하더라도 그놈은
적의 몸을 제 뜻대로 베거나 찌르거나 찍었을 때 겁에 질린
적의 표정과, 제가 방금 그이의 몸에 만든 상처에서 뿜어져
나오는 핏줄기와 제가 방금 헤집고 부순 몸의 살점과 뼈들
을 코앞에서 보는 일이, 그런 끈적거리고 비린 것들이 제 몸
과 옷에 마구 튀어 끝내 지워지지 않을 일이 말도 못하게 무
서웠을 것이다. 그리하여 이 못난 놈은 세상 군인들이 장차
싸움터에 나가 쉽게 목숨을 잃거나 다치지 않기 위해서 힘
줄을 키우고 칼과 창과 도끼와 철퇴 같은 무기를 휘두르는
법을 익힐 때, 다만 손가락으로 젓가락을 다스리는 정도의
힘만으로 적을 멀리서 죽이는 방도를 골똘히 생각했을 것
이다. 기어코 그놈은 이 흉한 물건을 다 만들어, 적의 몸은
칼, 창, 도끼 따위로 베거나 찌르거나 찍는 짓과 똑같거나
더 심하게 망가뜨리면서도 제 몸에는 피 한 방울 묻히지 않
는 데 성공하여 크게 기뻐했으리라. 이후 그놈과 그 후손들
은 제가 죽이는 적의 얼굴을, 그 찢어지는 살갗, 튀어오르는
피와 살점을 가까이서 보지 않게 되었을 터. 죽이는 이와 죽
는 이가 멀리 떨어져 있어 과연 제가 저 사람을 죽이고 있는

지, 저 사람이 내 장난에 죽어가고 있는지도 잘 알 수 없게
되었다. 혈통을 보자면 그놈이, 활을 처음 만든 이의 후예인
만큼이나 제 조상보다 훨씬 더 게으르고 교활한 놈이었음도
자명하다. 무릇 싸움터에서 써온 연장들은 애초 식솔의 먹
잇감을 잡겠다는 거룩한 이유를 앞세워 태어나되 결국 동족
을 잡는 데 그 쓸모를 다하곤 했으니, 사람의 사냥은 짐승과
겨레를 가리지 않는 법. 이제 싸움터를 벗어나, 그놈 후손들
손에 들린 이 눈먼 물건은 싸움터 아닌 거리와 마을에서 제
주인보다 더 잘나거나 더 착하거나 더 힘센 사람들을 자주
겨눈다. 또 그놈을 따르는 패거리는 어둡고 튼튼한 방에 숨
어서 방금 날아온 먼 곳의 그림을 보며 거기 보이는 사람들
을 향해 손가락을 움직이기도 한다. 제가 과연 그들을 죽이
고 있는지 아닌지도 모르면서 손가락만 움직이다가 시계를
본 다음 퇴근한다. 그놈을 남달리 신봉하는 어떤 너른 땅 사
람들은 제 나라가 이 차가운 물건으로 세운 나라임을 자랑
스러워하면서, 집집마다 개중 믿을 만한 하나를 베개 밑에
묻어놓고서야 편안하게 잠든다는 풍문이 있다. 그놈이나 이
물건이나 이 더러운 핏줄의 후손들이 닦아온 영달과 진화의
길은 뒤로도 앞으로도 끝이 보이지 않는다.

## 할머니들이 먹여 살린다

용산에서 열차 떠날 때
자리 번호 봐드렸더니
여수 간다시는 옆자리 할머니
오렌지도, 군고구마도 나누어주신다

할머니들은 먹을 것을 가지고 다니신다

지난 초겨울 부산 작은어머니 돌아가셨을 때
문상 내려간 나를 하룻밤 재워준,
이제 할머니가 되어버린 사촌 희야 누나
내 언제 또 니 밥 한끼 해주겠노,
장삿날 이른 새벽, 밥을 일부러 지어주셨다
어릴 때 누나가 지은 끼니를 많이 먹은 나
마흔몇 해 만에 추억을 먹는 새벽, 나도
살아서 언제 또 누나가 해주는 밥을 먹겠나 싶었다

할머니들은 먹을 것을 손수 만들어주신다

내 어머니 눈 더 어두워져서
이제 혼자 밥 짓지 못하시고
입맛도 무뎌져 김치 된장 옛날처럼 장만하실 수 없어도
자식들 앞에 쉬지 않고 먹을 것을 내오신다,
내오려 애쓰신다, 병원 갈 때에도

가방을 뒤지고 봉지를 뒤져서
사탕 몇 알을 꺼내 운전하는 내게 건네신다

할머니들은 우리가 먹고 사는 무엇임을 잊지 않으신다

많이많이 주세요
이제 귀찮다 않고 주시는 대로 다 먹을게요
언젠가 누이였고 아내였고 엄마였던
할머니들이 세상 먹여 살리는 일을 놓지 않으신다

## 지구사진협회의 권고 1

참다못해 알린다. 최근 여남은 해 동안 지구에 이른바 디카가 지나치게 늘어나 너희들이 저마다 몰래 집에서 각종 모니터로 사진(寫眞)을 들여다보는 통에, 지구에서 사진을 사용하는 실상을 알 길이 없어져 바야흐로 사진 세상이 대혼란에 접어드는 사태를 우리 조직은 비통한 심정으로 지켜봐왔다. 옛날에는 사진에 접근하는 거의 모든 사람들이 사진관에 현상과 인화를 맡겼으므로 우리는 필름과 현상액과 인화지의 경로를 추적함으로써 너희가 사진을 만들고 쓰는 규모를 점검해왔다. 그러나 이제 우리가 할 수 있는 일이란 고작 인터넷의 몇몇 사이트를 살피거나 정체를 숨긴 채 인터넷 사진 가게를 직접 운영함으로써 사진을 통제하는 것일 뿐인데, 수가 워낙 적어 표본의 의미밖에 지니지 못하는 것이어서 한숨만 나온다. 지금까지 우리는 진실과 진상을 관리하는 공공 비밀 조직이었다. 우리의 존재 이유는 우주의 진실과 진상을 지켜내기 위함이다. 그런데 진실을 베끼는 사진기와 복사기, 스캐너 등이 쏟아져나옴으로써 진실은 전례없이 함부로 다루어지게 되었다. 그동안은 훈련받은, 아주 적은 사람들만 진실을 관리하도록 되어 있었다. 지금 어떤가. 너도나도 디카와 그 자식인 폰카란 것을 들고 마구잡이로 진실을 낭비하고 있다. 자세히 말해보아야 너희들이 무엇을 알아듣겠느냐만, 너희들은 사진을 아무리 많이 찍어도 찍히는 것들에게는 잃는 것이 아무것도 없으리라고 생각하고 있다. 얼토당토않은 소리다. 생각해보아라, 어떻게 세상일이 그렇겠느냐. 주는 놈이 있으면 받는 놈이 있고, 얻는 놈이 있으면 잃는 놈이 있는 법. 글자에 치중하지 않고 직관을 키워온 몇몇 족속들이 오래전 사진의 위험성을 엄히 경고한 바 있으나 너희들은 귀담아듣지 않았다. 이렇게 허비하면 지구에서 진실과 진상은 점점 더 엷어지고 희미해질 것이다. 움츠러드는 데 그치지 않고 끝내 그 자리를 거짓이 온통 채우게 될 것이다. 벌써 너희들은 느끼고 있지 않느냐. 좋은 풍광이 사라지고 의로운 사람들이 사라지고 있음을. 그것이, 너희들이 함부로 사진기를 갖고 돌아다니며 좋은 풍광이라 찍어대고, 훌륭한 사람이라 함께 찍어대고 해서 그렇게 된 것이라고는 생각하지 못하느냐. 부디 사진을 함부로 찍지 말거라. 몇 년 동안 대책을 두고 고심하다가 지구진실기구 산하 실행 조직인 지구사진협회에서 경고한다.

## 아니다, 이대로가 맞다


내가 자주 자고 노는 산마을에서
신작로까지 십 리 길

차로 가면 십 분
맞은편에 차가 오면
길가로 바짝 붙거나 뒷걸음쳐 비켜야 하고
자전거보다 느린 경운기를 오래 따라가야 할 때도 있지

손님들은 이 멀고 좁고 험한 길을,
이런 길을 그냥 두는 세상을 쉽사리 탓하지만
나도 출근 시간 중 몇 분, 고 짧은 시간이 자주 아쉬웠지만

어느 오후 햇살
받는 들길에서 걷는 듯이 차를 몰다가
훤히 알게 되었네, 길은 이대로가 좋음을

들길을 지나는 시간은 풍경과 얘기하는 시간
너르고 고른 길을 앞만 보고 차로 달리면
삼분도 넉넉하겠으나 그러면 걸어가는 사람의
한 시간은 영영 짐작할 수 없겠지

다시 올 볕 좋은 날
나는 운동화 끈을 조이고 집을 나서

신작로 옆 할머니 구멍가게에 눈깔사탕 사러 다녀오리        —
한 두 시간 동안

                                                        —

# 중인리(中仁里)의 봄

1
사월, 중인리
돌담보다 조금 높은 허공에서
아직 겨울인 땅과 벌써 여름인 하늘이 다툰다
다투는 소리는 과실나무 꽃눈 속에 모여 부푼다
아직은 개울 흐르는 소리만 들린다

모악산 꼭지를 떠난 지 이억 년쯤 된
애기 머리통만한 돌들이
이 북쪽 자락에서 한 이천 년째 머물며
요새는 사람의 집을 에둘러 지키는 노릇을 한다
돌담이 허락하는 길을 걸으면
산책하는 이에게 지도는 더 필요 없다

2
마을이 생긴 후 지금까지
육천의 아이가 태어났다는데
그 가운데 오천칠백은 이 세상에 없다
과일나무를 심은 후
매실, 복숭아, 배, 감이
팔십만 개가량 여문 바 있다는데
사람 까치 개미 곰팡이 들에게 다 먹혔다
씨앗으로는 거의 대를 잇지 못하였다

오늘 저 높은 하늘 쪽
여름 기운이 먼저 미친 가지 끝에서
미래의 꽃들이 한 번 천천히 꿈짝, 한다
꽃이 생길 자리가 움직이는 듯 보이는 까닭은
어제 내린 비 때문이다
시냇물 소리 때문이다

인적 드문 이른 봄날 중인리
햇살 강림하는 환한 돌담 사이에 서서 나는 생각한다,
꽃 피는 오전, 이런 마을에서
아이를 하나 만들면 안 좋을지
내일 정오에는 이 마을 가득 복사꽃이 필 것이다

## 풀밭으로 날아간 정구공을 찾는 네 가지 방법과 한 가지 단서

하나.
공이 떨어진 자리를 가늠해 그 가까운 곳을 살펴서
보이면 가 줍는다.

보이지 않으면, 둘.
나는 공을 찾을 수 있어, 라고
마음속으로 세 번 외친 후 다시 하나를 시도한다.

그래도 보이지 않으면, 셋.
절대로 이쪽은 아니라는 생각이 드는 곳을 중심으로 살
펴서
보이면 가 줍는다.

그래도 찾을 수 없다면, 넷.
시간 값이 공 값을 넘어서기 직전까지,
시간 값이 공 값을 아직 넘지 않았더라도
같이 공놀이하던 사람들이 부를 때까지 셋을 반복한다.

단, 둘 셋 넷을 수행하는 동안 가끔
정말 정구공이 풀밭으로 날아간 것이 맞는지
내가 보았다고 믿는 그게 헛것이 아니었는지 새겨본다.

# 2부
필생의 여름

## 백일홍(百日紅)

너는 지금 청춘(靑春) 아닌 홍하(紅夏),
설령 필생의 여름을 걸고 내게 온다 해도
너와 함께 먼 미래를 재어볼 수는 없네
말하자면 나는 이미 다른 꽃으로 집을 지었으니
바람이 집을 허물게 두는 것은 멍청이들이나 하는 짓
이라 지금도 생각하거든
붉은 여름 내내 저 짙푸른 산 앞에서
수다한 붉은 말을 내게 속삭인다 해도
굳이 밝히자면 나는 붉은 꽃이 만발한 네 몸이 탐날 뿐
네 붉은 몸을 잘 보고 싶을 뿐
네 붉은 몸을 잠시만 만지고 냄새 맡고 싶을 뿐
네가 사랑으로 방향을 물어온다면
짐짓 나도 사랑으로 가리킬 수는 있지만
내가 할 수 있는 건 한 백 일 비밀스런 사랑의 시늉뿐
너는 아직 서른 해도 살지 않아 줄기는 무르고 약한데
그래도 저렇게 무거운 붉은 꽃들을 이고 있는데
나는 머리카락도 많이 색을 잃은, 내일모레 쉰
네 힘겨운 붉은 짐을 선뜻 다 옮겨받을 수 없는데
알까, 네가 찬란하게 사랑하는 건 남이 아닌,
네 붉은 몸이 네 마음 안쪽 벽에 되비친 같은 색 그림자
그리고 내가 사랑하는 건 네가 아닌,
위태롭게 휘황한 네 붉은 백 일뿐
네가 기다리는 사랑의 몸짓을 나 또한 바라므로

못 이기는 척 어울릴 수는 있으나 백 일이 다 지나면
가야 할, 더는 붉지도 푸르지도 않은 길이 내게 있다네
너는 또다른 붉은 백 일들을 거듭 살아야 할 것이며

## 사랑론

결국 그대가 아무리 둘러대고 억지를 부려도
그대가 가장 높은 가치로 받드는
사랑은, 사실 번식의 도구
최초의 까닭이 있어야 한다면
그것은 암컷과 수컷을 나누어 씨를 만들어야
살아남기에 좋다는, 수억 년 조상의 무구한 지혜
조건이 달라져도 죽지 않을 최소한의 몇을 만들기 위한,
전혀 새로운 후손을 세상에 불러오기 위한
의지 없는 선택, 의식 없는 계책
그래서 지금처럼 약아빠진 원숭이가 된 후로
이 별을 살다 간 수백억의 개체 중
아직 디엔에이 염기 서열이 똑같은 사람들은 없었다고
하지

제 자식이 다시 자식을 낳은, 또는 낳을 만큼 자란
다시 말해 나이를 먹을 만큼 먹은 그대가
건강하고 젊은 암컷 또는 수컷을 보고
몸과 마음이 함께, 예사롭지 않게 움직인다면
그것은 아직도 씨를 퍼뜨리고 싶어한다는 증거
또는 아직도 씨를 퍼뜨려야 한다는 강박을 지닌 증거
몸은 아니고 마음만 움직인다면
한때의 못 말리던 버릇을 기억한다는 증거, 기념한다는
증거

우리는 사랑의 공범, 번식의 공범
금욕을 서약한 성직자의 파계에 얼마나 흐뭇해했던가
혼자 사는 일탈자들을 얼마나 박대했던가

그러니 그대의 철없는 사랑에는 죄가 없다
대낮에 새 짝과 함께 어둡고 조용한 방을 찾는 그대의 사
랑에는 허물이 없다
이제 영원한 사랑이 아닌, 영원한 번식을 말하라
번식을 원하지 않는다면, 거기서 연원한
우리의 뿌리깊은 사랑을 다만 노래하라

그게 그런 게 아니라면
저, 낮은 목소리로 뻔한, 낡은 말을 거듭하며 서로
몸을 가까이하려 애쓰는 젊은 암컷과 수컷들
그들을 휩싸고 도는 기운이 과연 무엇이란 말인가
그럴 리도 없지만, 반기를 들면 멸종하리라

## 걱정론

　철이 들었다는 말은 누군가를 걱정하게 되었다는 뜻이다.
살아온 날이 쌓여갈수록 우리는 점차 걱정을 입는 처지에
서 걱정을 하는 처지로 바뀌어간다. 걱정하는 마음의 손님
에서 그 마음의 주인으로 자리를 옮긴다. 누군가의 어린 자
식일 뿐이었던 옛날, 우리가 벼랑에 선 하루하루를 탈없이
보낼 수 있었던 것은 어버이와 조상의 살뜰한 걱정 때문이
었음이 확실하다. 그이들이 떠나고, 떠난 분의 수보다 많기
십상인 자식과 후손을 우리가 거느리게 되면 우리 일상에서
걱정이 차지하는 부피는 커진다. 늙은 우리도 걱정의 파동
을 사방에 방사해 우리의 피붙이들, 그리고 피붙이 같은 사
람들을 지켜내야 한다. 그래서 현명한 노인들은 하루 내내
집에 머물며 걱정만 한다. 지금 누가 나를 걱정하고 있을까.
내가 참말 위험에 빠졌을 때는, 세상 아무도 나를 걱정하지
않을 때인 것이다.
　따져보면 걱정은 힘없는 사람이 지닌, 무언가를 향한 가
없는 사랑의 부산물이다. 너무 사랑해서, 그 물건이나 짐승
이나 사람이 불행해지거나 끝내 지상에서 사라지는 일을 견
딜 수 없기 때문에 그의 안정이나 평안을 심하게 도모하는
마음의 이름이 바로 걱정이다. 그러므로 이 자디잔 마음의
성장에는 이기의 동기와 이타의 결과가 맞물려 있다. 대개
이 마음의 씨앗은 걱정하는 마음의 주인이, 그 상상된 위험
과 불행을 없애줄 수 없다는 착잡한 사정에서 싹튼다. 이 사
정은 정말 자신의 무능에서 말미암은 것일 수 있고, 사람이

어쩔 수 없는 것일 수도 있다. 걱정하는 마음의 주인에게 충분히 도와줄 힘이 있어, 이를 마음껏 발휘할 때는 이 어두운 마음이 보이지 않으나, 그럴 수 없을 때 이 마음은 더 컴컴해지고 단단해지고 무거워진다.

대개 걱정은 사람을 향해 있다. 걱정하는 마음의 주인과 손님이 같지 않다면 두 사람이 떨어진 거리에 비례하여 걱정은 커진다. 사람들은 내 눈앞에서 벌어지는 위험과 불행을 가벼이 보는 경향이 있다. 결국 우리가 두려워하는 일은 내가 볼 수 없는 곳에서 시작되어 내가 알지 못하는 내막을 거친 후 느닷없이 내 앞에 던져지는, 위험과 불행의 결과이다. 그래서 사랑이 지나친 사람은 사랑하는 사람과 멀리 떨어지는 일을 꺼린다. 그가 외출하거나 여행을 떠나거나 멀리 이사할 때, 사랑이 남는 사람은 아무도 치료할 수 없는 병자가 된다. 그러므로 우리를 사랑하는 이의 평안을 위해 우리는 그이의 시야 안에 있어야 한다. 서로 가장 걱정하는 관계에 있는 사람들이 늘 같이 있어야 하는 이유이다.

## 전쟁 속
—장면 1950

야야, 말도 마라. 온 세상이 똥 천지였더니라. 생각만 해
도 몸서리가 쳐진다. 골목마다 퍼드러진 똥을 피해 코를 막
고 댕기는데 거기다가 비라도 와봐라. 어려서 전쟁으로 뒤
집어진 도시 한복판에 있어본 어머니는 가끔 말씀하셨다.
그건 몰랐다. 세상에는 보고 듣지 않으면 결코 짐작 못할 일
이 있다. 드물게, 어두운 전쟁 영화에서나 흘러 고인 피와
곤죽이 된 사람의 몸까지만 가짜로나마 보여주었을 뿐 똥물
그득한 세상을, 그 냄새를 보여주진 않았다. 그래, 사람이
그렇지 그 경황없는 날들에 변소 찾을 여유가 있었겠나. 낯
선 이에게 변소를 빌려줄 여유인들 있었겠나. 목숨말고 챙
길 것이 더 있었겠나.

# 극장 뒤
## —풍경 1968

극장 뒤편 공터는 잘려 버려진, 길고 짧은 영화 필름으로 가득하였다. 해 밝은 날 그곳은 빛나는 영화 가루의 세상이었다. 또래들은 찬란한 쓰레기 가운데 서서 뭔가 우리가 보지 못한 재미난 것이 보일까봐 그걸 하늘로 치켜들고 비쳐보기도 했는데, 늘 똑같은 사진이 여러 장 이어지고 있어 어지러웠다. 서로 조금씩은 다른 사진이라는 것을, 삽시간에 수십 장의 사진을 차례대로 비추어야 비로소 조금 움직이는 사진이 된다는 것을 그때는 알지 못했으니까. 그것이, 큰 도시의 극장들을 순례한 후 내가 사는 소읍 극장까지 오느라 삭아버린 필름을 어쩔 수 없이 쳐낸 것인지, 상영 시간을 줄이려고 멀쩡한 필름을 부러 솎아낸 것인지도 알지 못했으니까, 그건 지금도 알지 못하니까.

어떤 영화 필름은 마지막 쓸모로, 유행하던 밀짚모자의 허리춤을 꾸몄다. 여름날 사람들은 영화 필름을 한 바퀴 멋지게 두른 밀짚모자를 쓰고 일을 하거나 놀러다녔다. 그러나 그가 두른 필름이 무슨 영화의 어떤 장면인지는 잘 알지 못했다. 질기면서 반질거리는 것이 귀하던 시절, 제값의 영화는 늘 극장의 어둠 속에서 밝았지만, 지나치게 환한 바깥에서 어떤 사람들은 그렇게 영화를 머리에 꽂고 다니기도 했다.

## 닭장 증후군

어려서 소읍 변두리 한물간 양계 마을에 잠시 산 적이 있
습니다. 세 칸 초가집을 에두른 탱자나무 울타리 안 한켠에
네댓 평 닭장 자리가 있었답니다. 놀리기 싫으셨는지 돈이
아쉬우셨는지 아니면 심심하셨는지, 어느 봄날 부모님께서
는 병아리를 한 쉰 마리 들여놓으셨지요. 고것들 자라서 낳
은 따끈한 알을 날로 깨어 먹던 맛이 가끔 생각납니다. 그게
비릿하던가, 고소하던가.

닭들은 종일 걸어다니며 무언가를 쪼아보는 게 일인데요,
간혹 똥구멍이 헌 닭이 있으면 다른 놈들이 하얀 바탕에 그
빨간 무엇을 무심히 툭, 쪼는 겁니다. 똥구멍의 상처는 조
금씩 더 커지고 일삼아 따라다니며 쪼아대는 놈들까지 생
겨나 표지 아닌 표지를 지닌 닭은 결국 내장을 다 쏟고 죽
고는 했지요.

양계 마을을 떠난 지 수십 년이 되었고 생달걀 따위는 이
제 먹지 않는 세상이 되었고 흰 닭이 낳는 흰 달걀은 구경조
차 하기 어렵게 되었는데도, 대수롭지 않은 구별 때문에 동
무들에게 노리개가 되고 이윽고 먹이가 되던 닭장 속 참사
가 가끔 새롭습니다. 어어, 여기가 닭장? 물론 약점이 있으
면 도태되는 것이 야생의 섭리겠지만요.

## 꽃들과 싸우다

안경을 벗으면
풀꽃들이 밉다

한 송이 민들레는 줄잡아
이백 개의 씨앗을 배고 있다
저 한 송이가 씨를 날려
이백의 싹을 틔우기 전에
목을 쳐서
말라 부스러질 때까지 지켜보아야 한다

별꽃, 질경이, 괭이밥, 개여뀌, 뱀딸기 그리고
수많은 풀, 풀꽃들이 내 날 아래 죽고

맨눈으로 밭에 서면
나는 한낱 농부, 지킬 것이 있어
풀꽃들과 날을 헤며 싸울 뿐

다시 안경을 쓰면
풀꽃들이 고울 것이다

아이에게처럼, 착한 시인에게처럼
지난 어느 날의 내게처럼

## 부고

한 쉰 해를 살아보니 이제 알겠다,
내가 나이를 먹는 게 아니고
세월이 나를 둔 채 지나간다는 것.
거울을 보지 않으면
거울을 대신하는 무엇을 이용하지 않으면
남들이 보는 내 모습을 나는 모를 수 있고
잊을 수 있고 멀리할 수 있고,
내 눈으로 볼 수 없는
마음으로 보는 내 모습은
백번 양보해도, 아직 삼십대.

그래서 나는 가끔, 아주 가끔
한때 사랑했던 사람 가운데 하나가 문득 떠오르거나
그 사진을 보게 되거나
같은 자리에 그와 잠시 있게 되면,
태곳적 그를 가장 아끼던 순간의 기분이 되어
가슴이 나부끼면서,
그를 붙잡고 또 무슨 밑도 끝도 없는 이야기를
오래 하고 싶어진다.
그러다가 아주 조금 거리가 생기면
그와는 더 나아가지 못한 서사,
그와 같이 살고, 오래 거듭 잠자리를 같이 하고
아이를 낳아 기르며 그렇게 살아낸

다른 오늘은 어떠할까를 한꺼번에 생각하려 한다.

그때 내 영혼은 바야흐로
거울을 무찌르고 시간을 뭉개고 있는 것.

오늘 그의 부고가 내게 왔다.
그와 내가 못 이룬 한 생애와 그 일상 낱낱이
한목에 내 눈앞에 밀려와
잠시 머물다가,
아직은 내가 알지 못할 곳으로
사라져간다.

## 위내시경


동굴을 하나 들여다보았습니다
내 몸안 어두운 동굴,
끝없이 빨아먹을 무엇을 기다리는

열두 시간 동안 아무것도 빨아먹지 못한
먹여 살릴 칠십여 킬로그램의 짐을 진
그래서 조금은 발갛게 부은

의사는 아주 큰 말썽거리는 없지만
아주 평온하지도 않다고 말해줍니다

내 몸안 어디에 있다는 풍문은 알고 있었지만
정말 있는 그것을 또렷이 보기는 처음입니다

저렇게 축축하고 약하고 부드러운 것에게
평생 나는 무엇을 던져주었던 것인가
그리고 이제 굽은 작대기 끝에 불을 켜고 들어가
무엇을 살피는 것인가, 무엇을 걱정하는 것인가

발간 동굴을 보고 온 후
한 한 달 동안
다시 어두운 세상이 되었을 그 근처가
흔들리며 아팠습니다

그리고 무엇을 씹어 삼킬 때
그것이 곧 들어가 머물 컴컴한 동굴 속을,
그것을 기다리고 있었을
사실은 불그스름하고 축축한 동굴의 속살을,
그것들을 그렇게 있게 한 섭리를 가늠해봅니다

## 흐르는 시간 속에서

당신은 자신이 운전하는 낡은 차의 앞자리 머리 위
햇빛가리개를 싼 비닐을 아직도 뜯어내지 않은 사람
아니라면 자동차 공장에서 문짝 끝에 붙인 하늘색
스펀지를 아직 떼지 않은 사람
그렇게 새것의 물증에 집착하는 사람

당신은 자신이 매일 사용하는 컴퓨터의
엘시디 모니터 보호 비닐을 걷지 않고 쓰는 사람
그렇게 비싼 물건을 애지중지하는 사람

당신은 오래 돈을 모아 큰맘 먹고 장만한 사진기를
제 포장에 고스란히 담아 장롱 깊이 두던 사람
그렇게 내 것을 곱게 간수하는 사람

물론 나도 어린 날 사촌누나 집에서 빌려온
호화 장정 소년소녀세계문학전집을 수건 깔고 읽은 사람
동생들에게도 그러기를 강요해 서른 해 지나서도 핀잔 듣
는 사람
그렇게, 우리는 잘 만든 새 물건을 아끼던 사람

그러나 눈치챘다네, 흐르는 시간 속에서
천천히 낡아온 것들이 더 반짝인다는 사실
물건을 아끼는 길은 그것이

본디 할 일을 제대로 하면서 낡아가게 놓아두는 것
그리고 시간의 풍화와 손길의 흠결을 예사롭게 보며
될 때까지 손봐 쓰는 것

당신은 모여 사진 찍을 때 손사래를 치며 물러서는 사람
그렇게 당신의 몸에 남은 세월의 흔적이 부끄러운 사람
팽팽하여 자랑스럽던 청춘을 혼자 가졌던 듯 여기는 사람
머리가 희어지거나 숱이 줄기 전 사진을 아직 써먹는 사람

그러나 이제 엿본다네
당신 속에 스며 있는 수많은 당신, 시간의 바람을 거스르
며 서 있던
오래 알던 이들과 어울릴 때 당신은 세월을 넘어 숨쉬고,
당신이 아끼는 싱싱한 날의 당신이
오래 당신이 알아온 사람들의 기억 속에 온전함을

## 새 신 감각

차마 맨땅에 내려놓을 수 없어
방안에서만 신어보다가
이튿날 아침 집을 나서서도
혼자 딴 나라를 걷지

진 데 딛지 않고
버스 안에서는 사람들의 헌 신을 경계하고
주저앉아 먹는 식당에 들어설 때는
손타지 않게
벗어둘 곳도 세심하게 고르며

이번에는 뒤축 꺾지 않겠다고
나쁜 버릇 들이지 않겠다고
한번 잘해보겠다고
거듭 각오를 다지건만

언제부터던가,
입성 가운데 맨 아래에서
무른 몸과 낯선 세상이,
마른 몸과 물든 세상이 맞닿지 않게 하는 일이
고작 그것의 쓸모일 뿐임을 다시 용인하게 되는 때는
세상 더러움이 거기 다 뭉쳐 있는 양 이제 손대는 것조
차 꺼리지

## 미안하다 2
### ―아들에게

은하수를 보려면 너는
높고 긴 여행을 계획해야겠구나

천장을 보며 웃거나
사지를 버둥거리는
너를 보면 미안하다,
이 어두운 세상에 너를 불러서
더 어두운 도시에서 너를 키워서

나는 그래도 꽤 많은 별을 보며 자랐는데
살아오는 동안 남은 별들마저 하나둘 지워졌어
이제 은하수는 아주 높아 바람 맑은 곳에서만 볼 수 있
다지

너는, 빛나는 별 아래서 자랄 수 없고
별을 보아 길을 찾을 수 없고
별자리의 꿈을 꿀 수도 없고
멀어서 더욱 빛나는 것들을 이해할 수 없겠지

세상을 어둡게 만들어, 참 미안하다

## 미안하다 4
### ─어린 주목(朱木)에게

내 마음이 어떻게 너에게 건너갔을까

나는 그저 네가 사는 자리가 비좁아 보여서,
너와 네 이웃이 아직 어렸던 시절
사람들이 너희를 여기 처음 심을 때보다
너희가 많이 자라서

나는 그저 가운데 끼인 너를
근처 다른, 너른 데 옮겨 심으면
네 이웃과 너, 모두 넉넉하게 살아갈 것 같아서

한 여섯 달 동안, 한 열흘에 한 번 네 곁을 지날 때마다
저 나무를 옮겨 심어야겠네, 라고
생각만 했는데

네가 내 마음을 읽고 그렇게 힘들어하는 줄 몰랐다
네가 스스로 자라기를, 살기를 포기할 줄 몰랐다

박혀 사는 너희들은
나돌며 일을 꾸미는 사람들이 성가시겠지
손에 도끼를 들지나 않았는지,
마음에 톱을 품지는 않았는지

다른 까닭이 더 있는지, 사람인 내가 짐작하기 어렵지만
미안하다, 내 마음에
작으나마 모난 돌, 쇠붙이가 엿보였다면

이미 더는 푸르지 않은 잎 색,
안에 예민한 네가 아직 머무는지 알 길 없으나
다시 봄 네 옆을 지날 때는 네 푸른 앞날만 생각할게

## 타자기 유감

기계식 타자기 빗속에 놓여 있다
플라스틱 덮개에는 한 십 년 묵은 땟국,
버리기를 망설인 주인의 마음도 얼룩져 있다
덮개를 여니 거기, 한 자리만 노리며
출동을 기다리던 글쇠들 더러 녹슬어
멎어버린 대오(隊伍), 부르는 이 없는 기동타격대
몇은 뒤엉켜 죽어 있다
쓸모 잃은 것들의 깊은 침묵

이십대 어느 가을 나도 이런 타자기를 산 적이 있다 아르
바이트로 모은 돈에, 부모님께서 보태주신 돈을 얹어 내 필
생의 타자기를 사오던 날 이제 만년필을 아끼고 특히 오른
쪽 가운뎃손가락 첫 마디 왼쪽을 쉬게 하고 공평하게 열 손
가락으로 세상 끝까지 자판을 두드리며 가리라 다짐할 때,
장차 내가 써야 할 긴 글들과 함께 걸어가야 할 길은 또 얼
마나 반반했던가 그러나 곧 전기 꽂아 쓰는 바퀴 타자기에
전자 문서 작성기, 개인용 컴퓨터가 이어 나와서 이제 아무
도 균등한 힘으로 글쇠를 누르려 애쓰며 타닥타닥 두서 있
게, 야무지게 글을 쓰지 않고 전기로, 돈으로 소리 없이 글
을 쓰게 되었다

오늘 글로 밥 먹는 자들은 빛나는 글을 쓰기 위해
도구를 구하지 않고, 빛나는 도구를 구하려 글을 쓰는지

남이 버린 물건 잘 주워 쓰는 나도
생각하다가 이번에는 그냥 버리기로 한다

비 맞는 타자기는 조금 전
내가 눈길을 돌리면서 완전한 쓰레기가 되었다

## 여행론

    한자말 여행을 순우리말로 풀면 나그네짓 또는 나그네질이 될 것이다. 이 말 속에 사실은 아니면서 짐짓 나그네인척 내는 흉내라는 뜻이 꼭 들어 있다고 할 수는 없다. 선생질 같은 말을 떠올려보면 알게 된다. 아닌 사람이 선생질을할 수는 없다. 선생질 하는 사람이 바로 선생이다. 한때 일본 사람들이 함부로 만들어낸 말 중 하나인 듯, 서양 말에짝지으려 만든 억지 말 냄새가 물씬 풍기는 여행이라는 말을 이제 우리는, 나그네가 아닌 사람이 가끔 작정하고 내는나그네 흉내라는 뜻으로 쓴다. 하기야 누군들 처음부터, 밝으면 나서 저물면 드는 집이 없었겠는가만 아무튼 집에 돌아오기로 작정하고 나선 나그네짓을 우리는 여행이라고 부른다. 돌아올 기약이 없는, 돌아올 확률이 아주 낮은 발길은 여행이라고 부르지 않는다. 이를 이르는 말은 따로 있다.우리가 여행을 좋아하는 이유 가운데 중요한 한 가지는 구경하는 즐거움, 더 정확하게는 구경하는 편안함 때문이다.이 구경에는 위로 누대에 걸친 담합의 혐의가 없지 않아 보이는, 지나친 의미 만들기가 있어왔으므로 우리는 아주 떳떳하게, 지긋지긋한 생활이란 것에서 도망쳐 그것을 선택할수 있다. 돈을 꺼림 없이 쓸 주머니 여유나 뒷감당 염려 않을 대범함이 있다면 세상 구경은 운 좋게도 현실 도피와 아주 가까운 무엇이 된다. 내 삶은 잠시 멎어 있게 두고 다른이의 바쁘거나 고단하거나 심심하거나 여유로운 삶을 살피는 재미, 그러나 여행을 마치고 돌아오는 길에서 자주 우리는 두 겹의 감정을 경험한다. 정든 정착지에 곧 닿게 된다는 안도감과, 방관과 회피의 시간이 곧 마감된다는 서운함이 그것이다. 서로 반대라고 해도 좋을 이 두 기분은 너무 안 섞이는 것이어서 우리에게 천착될 기회를 얻지 못했지만 본질적으로 매혹의 감정이면서 경계의 감정이다. 그래서 다시 우리는 흔한 이법을 확인하게 된다. 사람들이 돌아오기 위해 떠난다는 사실, 나아가 내 생활의 터를 다른 눈으로 새롭게 보고 싶어서, 조금이나마 일상에 낯설어지고 싶어서 떠난다는 사실을.

## 기억 속 폭풍

길을 더 찾지 못한
젊은 날 사랑이
주고받은 장미 다발이나 과꽃 다발과 함께
다 시들어
도, 버려지지 않는 것은

그게 영문을 다 알기 어려운 폭풍, 그
한복판에 있었기 때문이다.

아직도 남은 소용돌이가 다 잦아들지 않고
기억의 다락 어딘가에 남아 있기 때문이다
아직도 그게 일시 정지한, 그래서 영원한 폭풍,
한복판에 있기 때문이다.

## 개미처럼 낙타처럼

　몇 군데 모여 난 데 말고는 털이 별로 없는 어떤 짐승은 종일 여기저기 기어다니며 설탕을 집어먹거나 사탕을, 진짜 설탕을 녹여 삼키거나 향기 나는 물과 함께 마실 때도 있지만 낟알을 쪄거나 삶아 먹고는 뱃속에서 그것을 잘게 갈아 설탕으로 바꾸기도 하고 술을 마셔 그 속 말간 무엇을 걸러 설탕으로 만들기도 하지. 내일이나 모레나 그 어느 날에 그걸 생광스레 쓸 일이 꼭 생길 것 같아, 많이 오래 움직일 일이 조만간이나 미구에 있을 것 같아, 먹이 없이 견뎌야 할 긴 날을 염려하며 몸안에 곳간을 지어 쌓아두지. 모은 설탕을 끈적끈적하고 하얀 덩어리로 만들어 주로 껍질 아래에 골고루 켜켜이 쟁여놓지. 준비하는 버릇을 지닌 짐승들에게 미리 무서워해온 험한 날은 잘 오는 법이 아니어서 온몸에 매달린 설탕 주머니, 기름 주머니가 딴 골칫거리가 되기도 하지. 일부러 무거운 것을 들어 옮기거나 마치 험한 날이 온 것처럼 내닫거나 바삐 걸으며 땀흘리며 또는 돈을 들여 그것을 억지로 끄집어내며 피 흘리며 한편으로 설탕을 집어먹는 일을 게을리 않지. 나와 동족인 그 짐승은 아직 오지 않은 궂은 날 걱정을 멈추지 않지.

## 편견

세상에는, 자신이 믿는 단단한 무엇을 위해
목숨을 걸 수 있는 사람과 그럴 수 없는 사람이 있다
말이 많은 사람과 그렇지 않은 사람이 있다
짜장면을 좋아하는 사람과 그렇지 않은 사람이 있다
테니스에 미친 사람과 그렇지 않은 사람이 있다
유에프오가 있다고 생각하는 사람과 그렇지 않은 사람
이 있다
술을 좋아하는 사람과 그렇지 않은 사람이 있다
일찍 일어나는 사람과 그러지 않는 사람이 있다
지금 대통령이 잘한다는 사람과 그러지 않는 사람이 있다
땅을 가진 사람과 그렇지 않은 사람이 있다
로또 복권을 사본 사람과 그렇지 않은 사람이 있다
자동차를 몰 줄 아는 사람과 그렇지 않은 사람이 있다
애인이 있는 사람과 그렇지 않은 사람이 있다
자면서 코를 고는 사람과 그러지 않는 사람이 있다
잘나가는 사람과 그렇지 않은 사람이 있다
남의 뒤통수를 때리는 사람과 그러지 않는 사람이 있다
김치를 좋아하는 사람과 그렇지 않은 사람이 있다
미국을 가본 사람과 그렇지 않은 사람이 있다
감옥에 있어본 사람과 그렇지 않은 사람이 있다
슬플 때 울 수 있는 사람과 그럴 수 없는 사람이 있다
원할 때 성교를 할 수 있는 사람과 그럴 수 없는 사람이
있다

씨팔이라고 욕하는 사람과 그러지 않는 사람이 있다
누군가를 닮은 사람과 그렇지 않은 사람이 있다
이미 부모를 용서한 사람과 아직 그러지 못한 사람이 있다
자식과 싸우는 사람과 그러지 않는 사람이 있다
뭘 아는 사람과 뭘 모르는 사람이 있다
만년필로 글 쓰는 사람과 그러지 않는 사람이 있다
조선일보를 싫어하는 사람과 그렇지 않은 사람이 있다
귀신을 믿는 사람과 그러지 않는 사람이 있다
자신이 행복하다고 믿는 사람과 그렇지 않은 사람이 있다
거짓말을 자신을 위해 하는 사람과 남을 위해 하는 사람
이 있다
약속 시간에 늦는 사람과 그러지 않는 사람이 있다
자신이 병들었다는 걸 아는 사람과 그러지 못하는 사람
이 있다
통일을 원하는 사람과 그렇지 않은 사람이 있다
사람들을 두 가지로 나눌 수 있다고 믿는 사람과 그렇지
않은 사람이 있다

## 중력을 엿보다
### ―지하철 열차 안에서

흔들리는 손잡이를 그 여자가 잡아주자
손잡이와 그 여자는 함께 흔들린다

마주서면 그녀의 귀고리는 잘 보이지 않는다
살짝 옆모습을 보여줄 때
또는 내가 두 걸음 그녀 옆을 돌 때
귀고리의 거죽을 엷게 덮은 금과 은은 각각
제 빛으로 도도히 반짝인다, 고것이
주인의 귀밑에서 주인보다 조금 더 흔들릴 때
살강거리는 아주 작은 소리
도도한 빛을 쫓아 천천히 객차 안 멀리
퍼져나간다, 가라앉지 않고

앉았던 그 남자가 일어서자 그의 무게는
의자 위에 잠시 더 남았다가 주인을 따른다
빈자리에 그 여자가 앉고 그 여자의 치마는 조금 늦게
의자 위에 펼쳐져 가라앉는다

열차가 다시 움직인다
열차의 쇠바퀴가 쇠길 위에서도 겉돌지 않는 것은 제 무
게 때문이다
열차는 아무리 빨리 달려도 이륙할 수 없다

## 그해 여름, 어떤 밤나무

지난봄, 전에 없이 꽃을 많이 피웠다
산속 공터 한쪽에 붙박여 살아온 반 백 년이
올해로 마감되리라는 것을 밤나무는 어떻게 알았을까
제 그늘에 앉아 쉬는 사람들이 나눈,
제 자리에 사람의 집이 들어선다는 소리를 알아들은 것
일까
측량 기사들의 눈초리를 읽은 것일까

삼복 밤나무는 지금 마지막 생산이 한창,
그 나뭇잎의 응달에, 입다물고 일만 하는
병들고 늙은 노동자의 영혼이 깃든 듯
간혹 쉬면서 이웃에게 또
장성한 자식나무들에게 고별도 하는 듯

삼각산 동편 자락의 어떤 밤나무는 올가을에
필생의 밤알을 매달기 위해
지난밤에도
되지 못한 가시 송이들을 헤아릴 수 없이 솎아내었다

## 오로지 하나가 필요할 때

1
어쩌다 내가 가진 담배 가치 수보다
가진, 불 만드는 도구의 수가 더 많을 때가 있다.
그럴 때 나는 도구의 수에 맞추어
태울 재료를 더 마련해야 한다는 흔해빠진 압박을 느끼
는 한편,

이, 쓸모를 한참 넘치는, 다 헤아리지도 못할 도구를 모
아온
내 걸귀 든 술버릇을 반성하는 한편,
제대로 된 도구 하나를,
얼마든지 아껴도 좋을 멋진 도구 하나를 꿈꾸기도 한다.
앞으로는 아주 마음에 드는 오로지 한 도구로만 담배를
피우리라,
그러면 내 세상은 얼마나 깔끔하고 그윽하고
절제에 가까운 무엇이 될 것인가.

2
사이비 연인들 속에서
나는 꿈꾼다, 오로지 한 사람 진짜 연인을.
앞으로는 아주 마음에 드는, 오로지 한 사람만을 사랑하
리라,
그러면 삶은 얼마나 깔끔하고 그윽하고

또한 절제에 가까운 무엇이 될 것인가.

그러다가 담배를 아주 끊게 되기도 할 것이고
또한 그러다가 사랑을 아주 그만두게 되기도 할 것이고
그 오로지 하나인 도구가 쓸모를 다하는 날도 올 것이고
또한 그 오로지 한 사람 진짜 연인이 나를
또는 세상을 떠나는 날도 올 것이고,

나는 가슴속 깊이 병을 앓게 되기도 하고
또한 나는 가슴속 깊이 병을 앓게 되기도 하고,

## 젊은 예술가를 위한 노래
—옥상달빛이 부른 노래 〈외롭지 않아〉를 들으며

혼자 지내는 시간이 길어
여러 그럴싸한 까닭 가운데 몇 가지로 친구는 드물고,
늘 딱 한 사람을 골라야 하는
사랑조차 늘 뜻 같지 않아,
그래도 도리 없이 혼자 있는 시간을 견뎌야 하는
적지 않은 젊은이들 가운데 몇은 예술이란 걸 하게 되지.

혼자 지내는 시간이 잦아
쓰고 노래하고 그리며 무언가를 만들게 되지.
예술은, 먹을 것은 잘 장만하지 못하면서
새끼를 많이 낳거나 불러 키우는
입만 산 나쁜 부모.
그 도깨비에 홀려, 혼자 있어도 하나 외롭지 않다고
역설인지 반어인지, 다 아닌지 스스로 분별 못할 거짓말을
노래로 하게 되지, 평생 아름다우면서도 슬픈 거짓말을
노래하게 되지.

간혹 가난한 부모가 얻어오는, 간 묻은 식은 밥처럼
예술의 간이 살짝 묻은 눈먼 짝이 나타나
잠깐 구원의 사랑을 맛보게 되면
마지막이자 처음으로 이른바 사랑의 환희를 환하게 노래
한 후
보통 사람의 세상으로, 오랜만에 열린 문틈을 겨우 빠져

나가기도 하지,
　이건 아주 드문 행복한 결말.
　아니면,

　같은 노래를
　오래, 거듭
　부르게 되지.

## 옛 애인들의 표정

시무룩하다, 한 장씩 넘겨보면 그이들은
나와 마지막 만난 행색으로 멈추어 있는데
바깥 날씨는 계절과 절기에 상관없이 차갑고

그이들한테 내가 무엇이 될까보다는
그이들이 나한테 무엇이 될지에 나는 늘 골몰했으므로
내가 던진 어리석은 물음에 그이들은 대답을 못하거나 안
하였고

했어도 내가 알아듣지 못하였을 터
가끔 그이들이 되받아 던진, 같은 물음도 나는 알아듣지
못하였는데
그이들은 속마음을 행동으로 보여주곤 했다, 막판에

행동으로 속마음을 보여주지 못했다, 나는 번번이
그이들이 내 건너편에 앉은 그림 한 장과
그이들이 삭제된, 같은 그림 한 장, 대개 이런 시시한 것
들로
그이들과 나 사이에 일어난 사단은 냉장되었고

그때마다 나는 오래 콧노래를 불렀다, 아니 들었다

# 3부

나와 사과

## 가을, 도원(桃園)에서


가을 복사나무들은 아무 일도 안 하는 것처럼 보인다
과수원 주인도 아무 일 안 하는 듯하다
봄을 좋아하는 그는 남반구에 가 있다고 한다
거기서도 다른 도원을 갖게 된다면 그의 노동은 쉴 날이
없을 것이다


이 가을, 북반구의 도원에는 지켜야 할 것도, 지켜보아야
할 것도 없다
복사는 없고 나무만 있다, 나무만 살아 있다
복사꽃이 없는데, 복숭아가 없는데도
이곳을 도원이라 불러 좋을까


그래, 아무도 딴소리 못할 도원, 지난 봄날의 도원
을 가득 채웠던 분홍빛은 이제 행방이 없다
애초 그 빛깔은 복사나무의 본색이 아니었다
복사꽃의 그 빛깔, 벌레를 위한
복숭아의 그 빛깔, 짐승을 위한


지금은 저 깊어진 초록이 복사나무의 본색
그것은 무릇 나무들의 본색, 이 별의 낮은 데를 가득 채
운 물의 본색
결국 이 별의 본색, 이 별이
이 별에 온기를 주는 불의 근원과 만나는 색

가을 복사나무들은 잎을 돌본다, 잎은
가을볕과 가을비를 버무려 가지 끝, 첨단을 새로 만든다
복사나무에게는 아직 내년 봄이 있으므로
지금 비록 복사꽃도 복숭아도 없지만
내년 봄은 다르므로, 그럴 것을 믿으므로
살아 있을 이유를, 미리 만드는 꽃눈에 새긴다

한창때가 한참 지난 나는
흉터 같은 주름살을 매만지며 왜 지금껏 살아 있을까
내게도 봄 같은 게 더 남아 있을까
이 삶을 잘 참고 마무리하면 내게도
일터, 도원 한켠에 자리 하나 생겨 있을까

가을 복숭아밭은 가없는 시간을 헛되이 보내는 듯하나
지금 휴식과 준비로 침묵하는 것,
본색으로만 들앉는 시간이 없다면
이 눈먼 세월을 무슨 수로 감당하리

## 어떤 단감나무의 시간

그는 큰집 사랑채 맞은편 화단에 있었다
그는 북쪽으로 토담을 등진 양달에 있었다
그는 화단 속의 화단, 약간 높은 단 위에 있었다

다시 들른 큰집
그는 지금도 같은 자리에 있다
몇 해에 한 번씩 들를 때는, 계절이 어긋나 눈에 들어오
지 않더니
가을 오늘, 자신이 그 오랜 단감나무임을 일깨운다

어릴 적 여름방학이 다하도록 단맛 들지 않아
푸른 열매 돌아보며 도시로 돌아가곤 했더니
간혹 가을 인편에 얻어먹곤 했더니

감 딸 사람 없는 남녘 마을에 오늘 문득 내가 서서
내 키로도 넉넉히 그의 감을 따 먹는다

맛이 마흔 해 전과 다르지 않으니
사람의 시간과 나무의 시간은 얼마나 다른 것이냐
나무는 자라지도 늙지도 않고 해마다 열매를 새로 달게
채우는데
나는 한 해가 다르게 심심해져가고 싱거워져간다

그 곁, 사랑채에는 할아버지 기침 소리 없고
석유곤로에 된장 끓이던 할머니 모습도,
할아버지 세숫물 올리던 어린 나도 지워졌다

나무의 시간은 고이거나 쌓여 멎어 있는데
사람의 시간은 냄새, 그림자조차 남기지 않는다

## 사과와 나

나는 사과가 좋은데
사과는 나를 싫어한다

그게 아니라면 나, 아니
내 마음은 사과를 좋아하는데 나, 아니
내 몸이 사과를 싫어하는 것일 수도 있다

사실을 말하자면 현재 나, 아니
내 몸은 사과를 잘 소화하지 못한다. 그렇지만 나, 아니
내 마음은 변함없이 사과를 원한다

역사를 말하자면 나, 아니
내 몸과 마음은 태초부터 사과를 좋아했다
신맛과 단맛 사이 어디, 오묘한 자리를 나는 죽 사랑했다

돌아보면 그때도 나, 아니
내 몸은 사과를 아주 가끔 거부했던 것 같다

요즘 사과는 나, 아니
내 몸에 들어오자마자 그대로 나간다
함께 먹은 다른 것들도 그 바람에 휩쓸려나간다

사과가 제 발로 나가는 것인지 나, 아니

내 몸이 내보내는 것인지 아직은 분간할 수 없다
원인을 알지 못하므로 고칠 방도를 찾기도 어렵다

여전히 나는 사과가 좋다. 나, 아니
내 마음은 사과를 먹고 싶어한다
마음이 먹고 싶어할 때 몸은 아무 대꾸도 없다
그러다가 몽니를 부린다,
다 내보내버린다,
쫓아내버린다

사과와 나의 문제는 바야흐로
사과와 내 마음, 사과와 내 몸의 문제로,
나와 세상의 문제로 번지고 있다

## 알면 멀어진다

우리는 자주 다 알지 못한 채 마음을 내어준다.
다 알고서도 사랑할 수 있을까.

다 알지 못하기 때문에 사랑할 수 있다. 노래를 좋아하게
되었을 때, 이를테면 버스 안에서 한두 소절을 처음 듣고 어
떤 노래를 기억하게 되었을 때, 악기의 배합이나 리듬이나
곡조만 아니라 노랫말 때문에 더 좋아하게 되었을 때, 그 노
래의 가장 강렬한 대목을 듣고 홀딱 빠졌을 때, 우리는 그
노래의 남은 전부를 마음대로 상상하고 마음대로 좋아한다.
자신이 좋아하도록 손수 만들고 상상하고 좋아한다.

잠깐 듣고 만 노래의 제목과 가수를 수소문하여 마침내 라
디오에서 그 노래가 나오기를 기다려 녹음하거나, 음반이나
음원을 구해 거듭 들으며, 가사를 받아 적은 후 따라 부르
며 노래를 다 알고 나면 이미 그 노래는 그전과 같지 않다.

우리는 자주, 다 알고는 멀리한다.
다 알고서도 싫증내지 않을 수 있을까.

노래는 우리가 다 부를 수 있기 전,
노랫말과 곡조를 다 알기 전에 가장 아름답다.
사람도 그 속을 다 알기 전, 그 몸을 다 알기 전이 가장 아
름답다.

## 보호색

　저 굵고 힘차게 허리를 젓는 농어목의 물고기들, 고등어
정어리들의 검푸른 등은 수면 가까이 헤엄칠 때 물 바깥 적
들의 매서운 눈을 피하기 위한 것. 저놈들은 물 밖에서 보는
물의 색깔을 물속에서 어떻게 알았을까. 물의 색깔을 알기
위해 번갈아 물위로 솟구치는 것일까.

　놈들의 은빛 배는 물아래 적들의 배고픈 눈을 속이기 위
한 것. 한낮 물속에서 보는 하늘은 은빛, 그 은빛을 물고기
들은 제 배의 빛깔에 견주어보았을까. 제 배의 색깔을 알기
위해 무리 지어 다니는 것일까. 무리 지어 다니면서 동족의
배를 곁눈질하는 것일까.

　겁 많은 것들이, 마음대로 움직이며 이 아래위가 있는 세
상에서 한 생애 살아보려면 아래위가 저렇게 달라야 하겠구
나. 꽁치의 검은 등 하얀 배, 복어의 검은 등 하얀 배, 개구
리의 검은 등 하얀 배, 씨일삼공의 검은 등 하얀 배.

　내 동족의 머리카락이 검은 까닭도 머리가 뜨거워지는 일
을 무릅쓰고라도 이 검은 땅에서 살아남아야 했기 때문일
테지. 높은 곳에서 우리가 컴컴한 데서 하는 일이 잘 보이지
않게 하기 위해서겠지. 내 동족의 손바닥과 발바닥은 아무
도 모르게 밝고 하얗게 빛난다.

## 죽음하고만 싸운다


사람들이 똥파리라고도 부르는
저 금파리의 비행, 완벽하다
산 것은 다 아름답다

방충망 열린 틈으로
뜻하지 않게 사람의 집 낯선 거실로 날아들었으나
당황하지 않는다, 체통을 잃지 않는다
대형 수송기 같은 소리를 내며

사람들의 영토를 위엄 있게 정찰한다
규칙을 알기 어려운 규칙적 궤적
장애물을 피하는 곡예와 완급의 절묘함

생명의 소중함과 내 집의 평온을 잠깐 저울질한 주인,
이윽고 예상되는 항로 약간 높은 곳에 살충제를 분사한다

이제 금파리는 닥친 죽음과 싸운다
세심한 경계를 내려놓고
유기체의 긍지를 내려놓고

필생의 모든 것을 내려놓고
오직 죽음하고만 싸운다
눕고 뒹굴고 아무데로나 몸을 날려

물건들을 툭툭 치며 스스로 물건이 되어간다

## 30만 년 전 가을


그때도 해가 있었을 테고 여전히
지구는 저 유일한 근원을 중심으로 돌고 있었을 테고
지구는 꼭 이십삼 점 오 도는 아니어도 조금 비딱했을 테고
그래서 지구 어느 곳에는 사철이 갈마들었을 테고
가을이 있었을 테고 늦가을이 있었을 테고

이미 더 진화하지 않아도 될 만큼 진화한
아름다운 곤충, 요즘 것보다 훨씬 큰 잠자리가
지금처럼 오묘하게 날다가 사라진 후
역시 일찍이 다 진화한 은행나무가
지금처럼 샛노랗게 물들고 있었겠지
분명 그럴 때가 있었겠지

그때 지구 위에서 말하며 두 발로 걷는 것들은 거의 다
지금 지구 위에서 말하며 두 발로 걷는 것들의 조상
지금보다 말수는 적고, 몸 골고루 털은 많았을 테지
때론 시무룩하고 때론 신났겠지

그들 중 나와 비슷한 하나는
바야흐로 가을을 맞이하여 좀 말이 없어지기도 했겠지
잠을 못 이루었을지도 몰라, 겨울이 오고 있으니까
동굴이나 움집 안에서 앉거나 엎드려 밖을 내다보기도 했
겠지

온통 노랗게 물들어버린 은행나무 숲을 먼눈으로 바라보
기도 했겠지
늦가을이니까, 지금 내가 아파트 난간을 짚고
노랗게 바뀌어버린 은행나무를 내다보며 느끼는 차분하
고도 심란한 이 기분은
그러니까 내림이겠지 자꾸
뒤를 돌아보거나 주머니를 뒤져보는 것까지도

## 수유리 비둘기

한 달 전 본 그놈
어깻죽지로 내장 비슷한 검붉은 것이 튀어나와 말라 있던
뒤뚱거리며 무리를 따르던
그놈이 오늘은 보이지 않는다
―내가 없어도 세상은 가던 대로 굴러간다


벚나무는 그루에 따라 붉거나 아니면 노랗게, 또는 한 색
으로만 물들고
단풍나무 꼭대기만 먼저 붉게 물든 국립묘지의 가을, 월
요일
나는 비둘기 머릿수를 센다
―살아 움직이는 것들을 헤아리는 일은 쉽지 않다


한 쉰 마리
아이들이나 노인들이 먹이를 던져주면
이리저리 몰려다니더니
―공원에는 아이와 노인이 많다


문득 쇠로 만든, 높고 굽은 기둥 위로들 날아가
누가 시킨 것처럼 일제히 볕을 쪼며 부리로 깃을 고른다
누가 그러자고 했을까, 누가 그러라고 했을까
―세상에는 모를 일이 많다

갈 때 앞장선 녀석이 우두머리인가
동정을 이십 분 동안 살폈더니
사람들 가까이로 돌아올 때는 꼴찌에서 세번째
—떼거리마다 우두머리가 꼭 있는 것도, 꼭 필요한 것도
아니다

다만 수유리 4·19 묘지에 몰려다니는 비둘기들 가운데
온통 하얀 놈이 하나, 꽁지만 빼고는 다 하얀 놈이 하나
있다는 것,
—어디에나 튀는 놈은 있다

잿빛 얼룩박이들은 하나같이 반짝이는 진녹색 목도리를
두르고 있다는 것,
한 달 전 본 그놈은 이제 여기 없다는 것,
이런 것들까지만 나는 확실히 알게 되었다
—우리가 확실히 알 수 있는 것은 늘 사소한 것이다

## 절개지(切開地) 지나며

직업에 귀천이 없다고도 하고
창칼을 만드는 손과 방패를 만드는 손은 다르다고도 했지

백수일 때는 기계나 몰며 밥 벌어야지 각오했는데
불도저나 굴착기를 몰면
여느 월급쟁이 부럽지 않다는 소문도 들었는데

좋은 대장장이라면 창칼도 방패도 다 잘 만들겠지만
그가 창칼을 안 만들었다고 세상에 창칼이 없어지지도 않
았을 터
그래도 차마 만들 수 없다고 생각한 이도 있었겠지

오늘 붉게 참혹한 절개지를 지나며
보는, 잘린 산도 흉하고 길 막힌 산짐승도 가엽고
저 잘라내고 남은 꼭대기
난데없는 낭떠러지에 위태롭게 남은 소나무들이
사람들 안 들리게 지르는 비명과
숨죽인 슬픔과 두려움에 마음 안 좋지만

간교하여라, 차를 타야 밥 벌어먹는 나는
산을 갈라 낸 지름길을 고맙게 달리면서, 잠시만 찡그리며
다만 불도저와 굴착기를 몰아 밥 벌지 않아도 되는,
산 것들을 내 손으로 해치지 않아도 먹고사는

이 처지만 오로지 다행스러워라

## 아무도 짐작으로 몸을 씻지 않고

여름밤 깊으면 목에 수건 하나씩 걸고 집을 나섰다
물이 귀한 내 고향, 미끈거리는 논길을 지나
논이 끝나고 정자가 보이는 얕은 언덕 아래
작고 좁은 새미 하나 있어, 하나씩 내려가 몸을 씻을 때
남은 이들은 별을 보거나 얼굴 없이 두런두런 세상 이야
기를 했다
담뱃불 붉게 별처럼 깜빡이고
불 없는 마을 여름밤은 더 깊어, 바가지를 든 손도 보이
지 않고
찰랑거리는 물도 보이지 않고 씻어야 할 몸도 보이지 않고
닦을 수건도 보이지 않고 벗어둔 옷도 입을 옷도 보이지
않고
짐작으로만 벌어지던 일, 짐작으로만 흐르던 시간
다만 물 쏟아지는 소리, 물 튀는 소리, 물 흘러내리는 소리

이제 여름밤의 일은 대가 끊기고
아무도 짐작으로는 몸을 씻지 않고
새미도 마르고 울도 허물어져
어린 사람 누구도 그곳이 물터였음을 알지 못한다

## 마지막 산책
### —개발이 예고된 어느 구릉에서

내가 알기 전이 더 좋았을 길.

몇 년째 대문에 못질해둔 외딴 과수원 집, 기우는 대문 기둥에는 오래전 공들여 새긴 '김제농원', 그 앞을 지나 낮에는 정답기까지 한 스물 남짓 산소들 발치도 지나, 나무장사들이 콩나물처럼 빽빽이 심어둔 어린 숲, 어깨를 비비며 키를 키우며 졸업을 손꼽는 메타세쿼이아와 은행나무들의 유치원을 지나 몇 군데 남은 복숭아 과수원, 그곳을 지키는 탱자나무 울 그 마지막 가시쯤.

세속의 곧은길에 막 닿는 낡은 산책로 끝에 서서 돌아본다. 이제 마지막 산책을 마치며 이르노니,

지난 한 해의 잎들, 열매들, 그리고 한 해의 짐 다 내려놓으면 오는 봄 걱정은 말고들 편히 쉬거라. 꽃눈도 잎눈도 만들지 말고 잠들거라. 오래 이 길을 꾸리고 지킨 노고, 이 구릉을 소문 없이 빛나게 한 영광, 내가 이 근처에 머무는 동안은 꼭 기억할 것이니.

## 엠에프디 분리 배출 안내

　이제 버릴 때가 되었습니다. 한때는 너도나도 귀하게 들
고 다녔지요. 이제 책상 서랍 구석에 애물단지로 쌓여 있습
니다. 더 나은 물건이 나와버린 연장의 운명이 대개 그러하
듯이. 하나에 일 점 사사 메가바이트, 책 한 권 분량의 기호
가 몽땅 들고도 남아 뭇 사람들을 놀라게 한 날들이 있었지
요. 손바닥만한 플로피 디스켓을 일거에 물리친 마이크로
플로피 디스켓, 드디어 모든 컴퓨터 프로그램에 저장 기능
의 상징이 되었으니 아직 그 모양새는 쓸모가 남은 셈인데,
정작 실물은 골동품 아니면 쓰레기. 이제 사람들은 더 작지
만 더 큰 막대기를 목걸이처럼 열쇠처럼 가지고 다니고. 골
동품이 되기에는 아직 너무 흔해 골동품이 될 때까지 기다
릴 수 없는 사람들이 이것들을 방 밖에, 집 밖에 내놓을 때
가 되었는데요.
　재료는 다 다시 살려 쓸 수 있으니까 그냥 폐기물 쓰레기
봉지에 넣지 마시고, 이른바 복합 재료 제품이니까 플라스
틱 재활용 통에 넣지도 마시고 이렇게 해보십시오.
　먼저 반짝이는 쇠 덮개를 엄지손톱으로 약간 힘을 주어 젖
히세요. 그러면 디귿자 모양의 넙적한 철물이 분리됩니다.
이놈은 가끔 노출되는, 연약한 자기(磁氣) 필름을 보호하는
투구였지요, 뇌를 보호하는 두개골처럼. 다음에는 남은 플
라스틱 틈에 끼어 있는 길이가 한 치쯤 되는 아주 작은 스프
링을 끄집어냅니다. 이놈은 사용하지 않을 때 아까 철물을
당겨 자동으로 필름을 덮도록 도와주었지요. 마지막으로 플

라스틱 틈을 억지로 벌리고 안에 든 소중한 내장, 동그랗고 까만 필름을 꺼내서 그 가운데에 접착제로 붙인, 엽전처럼 구멍 뚫린 철물을 뜯어내십시오. 이놈은 기록해놓은 정보를 빨리 읽기 위해 필름을 고속으로 돌릴 때 그 힘을 잘 전달하도록 잡아주던 뼈대 같은 것이었지요.

이제 세 조각의 철물과 플라스틱 한 덩어리와 동글납작한 필름, 그리고 아주 조그만 플라스틱 몇 조각이 잘 분리되었습니다.

결국 내막은 철기와 플라스틱의 만남이었습니다. 낱낱을, 특히 아직도 반짝반짝 빛나는 철물을 오래 들여다보지는 마세요. 취향에 따라 다르겠지만 이제 와서 매혹될지도 모르니까요. 쓰레기에 매혹되면 인생이 허접하고 고달파집니다. 사실 문명도 자연 못지않게 아름다운 것이지요. 이것이 우리의 딜레마입니다. 어쨌거나 사람은 이런 것을 대체 어떻게 만들었답니까?

이제 이것들을 따로따로 정한 재활용 쓰레기통에 버리시면 됩니다. 동그란 자기 필름은 다시 쓰기 어려울 수 있으나 우리가 간단하게 판단할 문제는 아닌 듯하고 함부로 태우면 해로우니까 그냥 플라스틱 통에 넣으시고요. 참, 그전에 자기 필름을 날카로운 것으로 긁어버리거나 가위로 잘게 조각내는 일 잊지 마세요. 나쁜 취미를 가진 사람이 다시 모아 붙여 읽어볼지도 모르니까요.

## 닻

큰 거울이 있는 방
벽장문이 다 거울인 방

거울이 아니면 볼 수 없는
거울이 있어도 잘 안 보이는
내 등

팔을 꺾어 돌려
등에 연고를 바르고
웃옷을 반쯤 벗은 채 걸상에 앉아 있다가
흔한 중년 사내의 옆모습을 보았다

거울이 없어도 잘 보인다고 믿었던
늘 내려다보기만 했던 내 배

닻처럼 무거운 배
닻을 내린 배
닻과 같은 배
닻인 배
먼바다로 나가지 않는
먼바다로 나가지 못하는
먼바다로 나갈 꿈을 접은
배

이제 꿈을 버린,
천왕봉이나 대청봉에 오를 꿈을 버린,
밥 버는 곳과 밥 먹는 곳만 오락가락하는

이놈아, 넌 누구냐

## 둥근 나무 속 둥근 방


저 공처럼 둥근 초록 나무
가늘고 긴 잎들이 두른 속은
또한 둥글게 비어 있다

참새들이 잎의 둥근 연못에 투신한 뒤
소리만 무성하다
소리를 만드는 몸들은 보이지 않는다

내가 다가서면
참새들은 소리를 참는 대신
둥근 세계를 버린다
소리를 쫓아 소리와 함께 날아간다
저기 다른 둥근 나무로

가늘고 긴 잎들을 헤쳐보면
둥근 속을 지탱하는 뼈들,
마른 가지들이 엄숙하다

비 들지 않고
볕들지 않고
바람 들지 않고
맹금의 눈길과 발톱 들지 않는 곳

초록 잎들이 빛을 보려 다투다가
둥글고 고요한 방 만들었다

## 아웃사이더 감별하기

잘나가는 폴 매카트니나 존 레논보다는
그들이 불쌍해 마지않던
음울한 조지 해리슨, 또는 못난 링고 스타를 더 좋아한
사람
해바라기의 보스 이주호보다는
누군가의 마음에 따라 자주 교체되던
그 짝꿍한테 더 눈길이 가던 사람
비틀스나 해바라기보다, 우연히 들른 술집
손님들의 잡담 너머에서, 그냥 켜둔 텔레비전처럼 노래
한 다음
갈채 없이 슬며시 퇴장하는
삼류 가수의 뒷모습을 유심히 보는 사람
그를 위해 혼자 천천히 박수 치는 사람

김일보다 장영철을 더 좋아한 사람
프로레슬링은 쇼다, 라는 그의 말을 믿은 사람
한마디 말이 세상을 뒤집어 보게 하는
놀라운 마력을 겪은 후 다시 그런 일을 기다리는 사람
홍수환보다는 염동균을 더 좋아한 사람
말년에 그가 오른손을 접고 싸웠다는 사실을
세월이 흘러도 잊지 않는 사람
그들보다, 세미파이널을 피 튀기며 뛰는
삼류 복서들이, 또 그 세미파이널이

케이오로 일찍 끝났을 때에 대비하여
뛸 수 없을지도 모를 싸움을 준비하는 복서들이
있다는 사실을 더 진지하게 기억하는 사람

안정환보다는 윤정환을 더 좋아한 사람
우리 편이 골 넣었을 때
벤치에 앉은 후보 선수들의 표정을 살피는 사람
국가대표가 되지 못한 프로 선수,
그 일군도 되지 못한 이군 선수들이 더 신경 쓰이는 사람
현대 차 안 타고 굳이 대우나 쌍용 차 타던 사람
아주 옛날에는, 일등하던 오비보다는 크라운을 더 좋아
했고
세월 흘러 크라운이 하이트로 이름 바꾸어 일등하자 도로
오비나 카스 마시는 사람
대접받는 애완동물 보면 속이 거북한 사람
꼬리 치는 것 보기 싫어 개를 안 키우는 사람
조세형이나 신창원이 잡히지 않기를 바란 사람
이종대, 문도석, 그리고 지강헌과 그의 마지막 신청곡 비
지스의 홀리데이
이런 이름들을 술자리에서 꺼내기를 즐기거나
누가 꺼내면 반기는 사람
엄숙한 자리에 앉으면 사지가 뒤틀리는 사람
정장한 제 사진은 보관하지 않는 사람

여간해서 넥타이를 안 매는 사람
평창동, 압구정동, 개포동, 대치동이 남의 나라 같은 사람

학창 시절, 선생이 이름 기억해 부르면 불편하던 사람
반장 패거리보다 사고뭉치들과 어울리던 사람
자신이 바로 사고뭉치였던 사람
창간할 무렵에는 안 보다가 요즘 와서 한겨레 보는 사람
돈 먹여 아들 군대 안 보낸 사람은
대통령 되면 안 된다고 말하는, 군대 갔다 온 사람
통일을 사심 없이 바라는 사람
이 세상이 뒤집혔으면 하고 가끔 바라는 사람
실현 가능성이 없기 때문에 더 자주
더 편안하게 전원주택을 꿈꾸는 사람
아웃사이더이다, 아니다에 관심 없는 척하지만
이런 시 읽으면서 동그라미 치며 자신을 감별하고 있는
사람

# 폭주족

우리는 알고 있지
아주 빨리 달리면 시간이 느려진다는 걸
그렇다고 빛보다 더 빨리 달려서
과거로 가고 싶다는 말은 아니야
과거를 사랑하지는 않으니까
어린 시절은 하루하루가 지옥이었어
지금 우리는 딱 기분 좋을 만큼 젊어서
나이 더 먹지 않았으면 해
나이 먹은 다음은 다 아니까
우리는 수단껏 두 바퀴를 구하고
잘 타는 것을 태워 그것을 굴리지
나이 먹은 것들이 잠든 밤
낮에 그들이 네 바퀴로 조심조심 달리던
거리를 우리는 죽도록 달리지
우리의 액셀러레이터는 시간의 브레이크
불은 우리 가슴에서도 타고 두 바퀴 사이에서도 타지
그러다 가끔 죽는 놈도 생기지만
불꽃과 같이, 그래도 우린 뭐, 안 나빠
더 나쁜 게 많으니까
아까 말했지, 우린 나이 먹는 게 싫다고
나이 먹은 너희들이 싫다고

## 십 년 세월

십 년 산 아파트를 떠나며
텅 빈 방을 둘러본다.

내 살림살이가 없는 방은 더는 내 것이 아니다.
곧 다른 사람이 그의 짐을 부려놓으리라.

열린 창밖 놀이터에서 동네 아이들
지르는 소리, 노는 소리가 들린다.
십 년 동안 창 너머로 듣던 소리,
거기서 십 년을 놀아온 아이들

롤링스톤스의 노랫말처럼,
노는 아이들을 보고 앉아
눈물 흘릴 만큼은 아니어도 그 소리를 빈방
한가운데서 서서 들으며 생각할 것이 조금은 있다.
이 방, 이 집에서 내 젊음이 다했으니까.

이 집에서 생긴,
이 집에서 자란,
이 집이 고향인,
아직은 여기가 세상에서 살아본
유일한 집인 내 아이도 있는데,

여태 나는 얼마나 많은 집을 거쳐왔던가.

그런데 다시 생각하니
공을 저한테 달라고, 더 빨리 뛰라고
목이 터지게 외치는 오늘 저 아이들은
말과 짓은 똑같아도
십 년 전 바로 그 아이들이 아니겠구나.

그들은 어디로 가고,
저들은 어디서 왔는가.

처음 저기서 놀던 아이들이 어른이 되는 세월,
나는 그만큼 멀리 왔고,
길을 떠난다, 먼 새집을 찾아 떠난다.

## 상가(喪家)에서

사랑하는 사람들을 위해서라면
오래오래 살아야 한다

오래오래 살아서
내가 그들 곁에 있다는 사실이
대수롭지 않은 일이 되고
그보다 더 오래오래 살아서
지긋지긋한 일이 될 때까지
견뎌야 한다
그러고도 더 오래오래 살아서
내게도 그들이 지긋지긋한 존재가 될 때까지
더 견뎌야 한다
그래야 순순히 작별할 수 있다

유족과 조객들이
영안실에서 밤새 웃고 떠들며 논다
고인도 그 사이에 언뜻언뜻 보인다

## 오징어는 다 먹다

이제 오징어를 먹으려면 여생을 걸어야 한다.

언젠가 치과 의사가 내 입속을 들여다보며
무얼 씹어대서 어금니가 이렇게 갈렸을까, 했을 때
내가 가장 먼저 떠올린 것은 마른오징어.
그다음이 사람들과 그들이 만든 세상.

마음놓고 마른오징어 한 마리를 씹으려면
이제 어금니 하나쯤을 내놓아야 한다.

한 생애 먹을 오징어를 벌써 다 먹었나보다.
그래도 사람들과 그들이 만든 세상을 위해
아직은 어금니 몇 개 남겨두었다.

## 말빛

그때 내게 말해야 했다
내가 그 책들을 읽으려 할 때
그 산을 오르기 위해 먼길 나설 때
그 사람들과 어울릴 때
곁에서 당신들은 보기만 할 뿐 아무 말도 하지 않았다
내 삶은 결국 그 책들을 읽은 후 어두워졌고
그 산을 오르내리며 용렬해졌으며
그 사람들을 만나며 비루해졌다
그때 덜 자란 나는 누구에겐가 기대야 했고
그런 내게 당신들은 도리 없는 범례였다 그러므로
누군가 내게 그 말을 해야 했다면
누구에게선가 내가 그 말을 들어야 했다면
그 누구는 필경 당신들 중 하나였다 그러나
당신들은 늘 말을 아꼈고 지혜를 아꼈고
사랑과 겸허의 눈빛조차 아꼈고
당신들의 행동 때문에 괴로워하는 사람들에게도
사과(謝過)와 사죄(謝罪)의 말 없이 의연하였다
듣지 못한 말 때문에 내 몸속에는 불씨가 자랐다
이제 말하라, 수많은 그때, 당신들이 내게 해야 옳았던,
그때 하지 않아서 숱한 순간들을 흑백의 풍경으로 얼어
붙게 한,
하찮은 일상의 말들을 더 늦기 전에 내게 하라
아직도 내 잠자리를 평온하게 할 것은,

내가 기어코 듣고 싶었으나
당신들이 한사코 하지 않은 그 말뿐

# 4부

서늘한 새벽

## 햇볕의 기한

　오십억 년이 지나면 해가 없어질 거라고 한다. 바로 말하
자면 없어지는 게 아니라 부풀어올라 아주 큰 붉은 별이 되
었다가는 다시 쪼그라들어 아주 작은 흰 별이 된 다음 결국
뜨거운 먼지로 우주에 흩어질 거라고 한다. 설사 지구가 녹
아 사라지지 않고 더 뜨겁거나 차가워진 작은 태양을 여전
히 돌고 있다 하더라도 그 위에 산 것은 더 없을 거라고 한
다. 그 막막한 세월에 나는 없을 것이니 그날을 걱정하는 일
은 그야말로 기우라 비웃을 만한데, 나는 벌써 어둡고 답답
하다. 그 소식을 들은 후 여러 날 일이 손에 잡히지 않는다.
고작 육억 년만 지나도 이미 아무것도 살 수 없게 더워질 거
라는데 우리 후손들은, 제 손으로 대를 끊지 않았다면, 그
전에 이미 지구를 떠나 더는 하나의 행성에 목매지 않는 우
주 유목민이 됐을 거라고 과학자는 동족을 위로했지만, 떠
돌이의 삶은 또 얼마나 고달플 것인가. 지구를 못 떠나 불
바다에서 재와 불꽃으로 흩날릴, 못나거나 가난하거나 버림
받은 사람은 또 왜 없겠나. 나는 왠지 그들 중에, 침몰하는
배에 남은 선장처럼, 그 선장을 따르는 선원처럼 내가 다시
있을 것 같아 오늘 내리는 이 햇볕이 눈물겹다. 서늘한 새벽
을 밀어내며 넉넉히 내리는 오늘의 이 햇볕이 많이 아깝다.

116

# 타임머신론

그들은 아직 오지 않았다. 그들이 결국 그 기계를 만들지 못한 것이다. 만들었다면 우리를 벌써 찾아오지 않았겠는가. 내 후손이 없다면 아는 이의 후손이라도 찾아왔어야 하지 않겠는가. 이렇게 살아가는 우리들에게 무어라고 말하고 싶지 않았겠는가.

그러나 아무도 찾아오지 않았다. 타임머신을 말하면서 '아직'이라고 말하는 것은 아무 의미가 없다. 모든 것은 '이미'라고 말해야 한다. 우리가 로마를 생각하고 임진년을 생각하는 것처럼 지난 시간은 무한한 길이의 미래로 열려 있기 때문이다. 이 시간은 그들의 미래. 무한이라 해도 좋을 미래의 시간이 우리를 버리다니.

마침내 그들은 알게 되었을 것이다. 기계를 만든들 과거를 쫓아간들 아무것도 달라질 것이 없다는 사실을. 우리가 사는 역사는 무한수의 갈래를 이룬 가능한 역사 가운데 한 가닥일 뿐임을. 그들이 이제 돌아와 조상들이 벌인 미련한 짓을 바꾼다 한들 정작 자신들의 세월이 달라질 리 없다는 것을. 바뀐 역사는 이미 자신의 역사가 아니라는 것을.

그러므로 그들의 시간은 그들만의 시간, 우리들의 시간은 우리들만의 시간. 우리와 그들은 서로 다른 무대 위에서 시작한 저마다 다른, 외롭게 닫힌 연극의 배우들일 뿐. 우리는 영원히 미래를, 우리가 선택한 서사의 궁극적 결말을 알지 못한 채 이 외롭고도 무서운 역사의 한 끄트머리인 오늘을 살아갈 뿐.

## 숨결

오래전 할머니 돌아가신 후
내가 아는 으뜸 된장 맛도 지상에서 사라졌다

한 사람이 죽는 일은 꽃이 지듯 목이 뚝 떨어지는 것 아
니고
목구멍을 드나들던 숨, 곧 목숨만 끊어지는 것 아니고
그의 숨결이 닿은 모든 것이, 그의 손때가 묻은 모든 것이,
그가 평생 닦고 쌓아온 지혜와 수완이
적막해지는 것, 정처를 잃는 것

그대가 죽으면,
그대의 둥글고 매끄러운 글씨가 사라지고
그대가 끓이던 라면 면발의 불가사의한 쫄깃함도 사라지고
그대가 던지던 농의 절대적 썰렁함도 사라지고
그대가 은밀히 자랑하던 방중술도 사라지고
그리고 그대가 아끼던 재떨이나 만년필은 유품이 되고
돌보던 화초나 애완동물은 여생이 고달파질 터이니

장차 어머니 돌아가시면
내가 아는 으뜸 김치 맛도 지상에서 사라질 것이다

# 뒤편

아무나 함부로 보는 내 뒷모습을 내가 볼 수 없다. 내 반
쪽을 동시에 다른 반쪽과 함께 볼 수 없다. 눈은 세상을 가
능한 한 납작하게 눌러 보려고 한다. 내 눈빛이 닿지 않는
납작한 다른 쪽은 이론적으로 어두울 것이다. 거울 두 개를
약간 어긋나게 마주 놓아 어렵게 뒷모습을 비추어 볼 수는
있으나 앞을 내준 대가로 뒤를 얻은 것이니 결국 본전이다.
꼭 그래야 할 이유가 없는데도 달은 지구에게 한쪽만 보
여준다. 우리는 평생 달의 한쪽만을 보거나 안 보거나 한다.
지구 어디서나 계수나무와 토끼, 절구와 공이만 보인다. 토
끼는 수억 년 동안 한 동작으로 멎은 채, 지구에서 볼 때 달
동그라미의 한복판을 중심으로 돈다. 그러므로 달은 보물
을 뒤춤에 감춘 채 고걸 보려고 덤비는 우리한테 한사코 얼
굴만 들이미는 장난꾸러기. 그러하다면 달 뒤편에는 유에
프오의 기지가 있고 환하고 뜨거운 문명의 축조물이 있음
이 틀림없다.
우리의 눈은 입체의 한쪽만을 본다. 길을 걸을 때 내 시야
바깥 세상이 빠르게 사라지는 것을, 그리고 다시 고개를 돌
릴 때 신속하게 나타나 있는 것을, 나는 알지 못한다. 내가
집을 나서면 내 집은 내가 다시 돌아올 때까지 지상에 없다.
내가 만나지 않는 동안 내 연인은 세상에 없다. 내가 깨어
있지 않은 동안 나는 세상에 없다.

## 로 레벨 포맷*

근본 초기화라고 할까, 원시 초기화라고 할까,
기억들이 얽히고설켜
어지간한 초기화로는 감당할 수 없을 때
마지막으로 해보는 위험한 수술.
지난 기억들 다 지우고
새 기억을 놓아둘 선반과 칸막이부터 새로 짜는 일.
그동안 기억하고 있는지조차 알지 못하던,
이를테면 무의식의 기억까지 깡그리
말갛게 지우고 새 출발을 도모하는 일.
공장 문을 나서던 상태로 돌아가는 일.
그러니까 엄마 뱃속에서
세포 하나, 둘, 넷이던 무렵부터 시작하는 일.

—이제 네 모든 기억들이, 돌이킬 수 없이 사라지게 될
거야.
계속할래?
—좋아.

컴퓨터 하드디스크 하나를 아주 천천히,
완전히 갈아엎는 재개발의 시간.
기계 전체는 숨죽인 채
지난 다섯 해의 기억과 작별한다, 영원히.

수술을 결심하고 지시한 나는
담배를 피우며 앉아 기다린다.
지난 마흔몇 해의 기억,
그 의식과 무의식의 요철을 더듬으며

다음 순서는 나라고 중얼거리며.

* 로 레벨 포맷(low level format) : 하드디스크 등 컴퓨터에 쓰는
정보 저장 도구에 전자적으로 기록한 내용을 흔적까지 완전히 지우
고 그 내부 영역을 새로 편성하여 공장에서 생산할 때와 같이 되돌
리는 작업. 이렇게 지운 자료는 어떠한 방법으로도 복구할 수 없다.

## 불영(佛影)계곡에서

지금 불영계곡 사람 없고 물 맑아
불영사는 안 가려네
불영사 가는 동안 불영계곡 아무도 보지 않네

혼자 불영계곡을 엿보는
지금, 이 투명한 시간은 끝을 알 수 없다네

불영사 들르면 내 길은 바뀌어
불영계곡 보는 자리 다시 설 수 없으리니

이 하루, 해 지기 전까지 이어질
내 길은 불영계곡에서 마치리

# 인연

씨를 뿌리면 묶인다

땅을 놓아두면
바람 속에 살던 풀씨들이 내려와서
제 마음대로 자란다

땅을 만지고 내 씨를 뿌리면
자꾸 그 자리를 쳐다보게 된다
싹이 텄는지, 가물지는 않은지

바람이 불면 어떻게 흔들리는지
누가 갉아먹지는 않는지
거름 없이 어떻게 자랄지
걱정이 새끼를 치면서 슬슬 더 단단히 묶인다

그러므로 씨를 뿌리기 전에
오래 생각해보아야 한다

## 우주는 내 한쪽 귀를 차갑게 하고
—늦겨울 하회에서

1
겨울밤, 우주와 나 사이에는 종이 두 장
밤새 우주는 내가 누운 방을 드나들며
내 한쪽 귀를 차갑게 하는데,
적어도 한쪽 귀는 차갑게 지켜주는데
나는 오랜만에 한 가지 태세로
서너 시간을 단숨에 자고 일어난다

2
지차(之次)의 후손은 물려받은 방이 없어
찬물로 둘러싸인 남의 땅을 떠돌고
이틀 지난 새벽 보름달,
처럼 머리맡에 놓인
한국국학진흥원정보화사업명문가고문서해제자료집
풍산류씨하회마을화경당편을 뒤적이며, 뒤척이며

이불을 당겨 덮고는 1845년 을사년
사대부를 욕하고 행패를 부린 김씨 가족의 일과
김씨네를 조사하고 벌주라고
이 집 조상이 순상(巡相)에게 청원한 편지를 새겨 읽고
묘자리를 둘러싼 숱한 시비에 밑줄 쳐둔다

3

연로한 고모는, 일흔몇 해 전 시집온 이 마을
남녘 모퉁이에서 새 하루를 홀로 맞고 계실 텐데
날 밝으면 이 댁 주손께 잠자리와 끼니를 얻은 삯을 치
르고
서늘한 우주를 체험한 내 식구들을 이끌고 높은 축담을
내려와
그리운, 아버지의 누님을
그리운 할머니의 하나뿐인 따님을 십 년 만에 뵙겠네

내친걸음, 정오 지나면 다시 백 리를 내려가
내 어머니, 어린 시절
맑은 눈빛으로 읽고 쓰던 세상까지를 둘러볼까
그 풍경의 빛살을 가닥마다 찾아 모아
지금은 다 해진 어머니의 망막을 다시 자아볼까

## 내 마음이 그린


다시 못 올 나라를 쫓기듯이 여행할 때
깊은 밤 사방 인적 없는 평원 위
낯선 길을 오래 달린 적이 있다.

검은 도로와 먼 듯 없는 불빛들
눈앞에나 거울로나 시야에 움직이는 것 하나 없이
세상에 나와 내가 운전하는 차만 살아 있는 것 같은데

있지만 보이지 않는 풍경들
앞 뒤 옆을 내 마음대로 그리며
한 세상을 내 마음대로 만들며 갔다,

밝을 때 그 길을 다시 돌아오지 않았으므로
밝을 때 그 길을 다시 가지 못할 것이므로
그 평원은 진상과 상관없이
내게 영원할 것이다, 그 밤 내 마음이 그린 대로.

# 낯익은 듯 낯선 시의 위엄

고형진(문학평론가)

## 1. 생각의 깊이와 논리의 리듬

「누군가 나에게 물었다」라는 김종삼의 명시에서 시인은 '시가 뭐냐'는 독자의 질문에 시종일관 딴청을 피우다 끝내 대답하지 않은 채 시를 마친 바 있다. 그것은 시란 몇 마디로 정의 내릴 수 있는 것이 아니라는 것, 시에는 정해진 틀이 없다는 것을 함축하는 시적 표현일 것이다. 시라는 양식의 공통분모는 있으나, 그 형식은 매우 다양하고 쓰는 방식도 저마다 다르다. 이러한 시의 개방성과 자율성이 시 쓰기의 어려움이자 동시에 즐거움일 것이다. 전에 본 적이 있는 것 같은 낯익은 작품들은 시라는 이름으로 잠시 불리다가 이내 잊히고, 처음 본 듯한 낯선 작품들만이 영원한 시의 자리에 남게 된다.

이희중의 시들은 낯익으면서도 낯설다. 잘 쓴 글처럼 분명하고 정확한 문장들로 이루어진 그의 시들은 그냥 평범하다는 인상을 준다. 하지만, 그것은 그 시들을 일반적인 산문으로 대할 때 받는 느낌이다. 그것이 시라는 것을 자각할 때, 그 작품들은 돌연 낯선 것으로 다가온다. 시종일관 그렇게 촘촘하고 논리정연한 사색을 펼치며 분명한 메시지를 담고 있는 시들을 다른 시인들의 작품에서 찾기는 쉽지 않다. 그는 하나의 대상에 대해, 어떤 풍경에 대해, 주변의 일상적 현상에 대해 하나하나 따지고 분석해나간다. 문학은 딱 생각한 만큼 나오는 것이라고 하지만, 오로지 생각의 전개에 전심전력을 기울이며 시를 쓰는 것은 특이하고 이색적인 것이다. 이희중은 '사색시' 또는 '논리시'라고 불릴 만한 시에 일가를 이루며 독보적인 자기 영역을 구축하고 있다.

시 형식의 핵심 요소인 운율의 운영에 있어서도 이희중의 시는 아주 개성적이다. 그는 시어의 소리 자질에는 큰 관심이 없어 보인다. 음운의 반복으로 어떤 정서와 분위기를 환기시키는 '서정시'의 일반적인 방식을 그는 선호하지 않는다. 그렇다고 그의 시에 소리 반복이 나타나지 않는 것은 아니다. 단어와 어구와 문장과 문형의 반복이 매 시편마다 지속적으로 등장한다. 그는 시의 형식으로 운율을 중시하고 있음이 틀림없다. 그런데 운율을 조성하는 그러한 말들의 반복은 정서의 환기가 아니라 생각과 논리의 강화에 기여한다는 점에서 다른 시인의 시들과 차별된다.

　　짜장면을 먹으면 몸에 흔적이 남는다
　　옷에 튄 검은 점들
　　입안에 들어가기 전 격렬하게 흔들리는 면발이 문제다
　　그래서 지혜로운 사람은 짜장색 옷을 입는다
　　아니면 아예 먹지 않는다

　　구운 땅콩을 먹으면 낮은 데 흔적이 남는다
　　낮은 데 흩어진 얇고 질긴 속껍질들
　　무언가를 지키도록 생긴 것들의 최후가 문제다

그래서 지혜로운 사람은 노천에서 땅콩을 깐다
　　아니면 아예 그냥 먹는다

—「흔적」 부분

시집의 첫머리에 놓여 있어 시집의 전체 인상을 좌우하는
이 시에는 여러 층위에 걸친 말들의 반복이 시의 형식을 지
배한다. 그것을 정리하면 다음과 같다.

　'~하면 ~에 흔적이 남는다'
　'~이 문제다'
　'그래서 지혜로운 사람은 ~한다'
　'아니면 ~한다'

이러한 말의 형식은 1연과 2연에 반복되고, 또 인용에서
생략된 3연에서도 반복된다. 일정한 말의 형식이 3연에 걸
쳐 거의 똑같이 반복된다는 점에서 이 시는 정형률에 가까
운 시로 볼 수 있다. 그러나 우리는 이 시에서 재래적 서정
시에서와 같은 음악성을 느끼지는 못한다. 왜 그럴까? 그것
은 반복되는 말들의 성격 때문이다. 이 시에서 반복되는 시
어와 문형들은 어떤 문제에 대한 시인의 발견과 그러한 문
제 발생의 이유, 그것을 해결하는 방식에 대한 통찰의 언어
들이다. 그리고 그러한 일련의 문제 발견과 해결 과정에 대
한 시인의 접근은 논리적이다. 그의 시에서 반복되는 말의

형식은 결국 논리적인 사고 과정의 표출인 것이다. 그래서 연이 거듭될 때마다 이루어지는 말의 반복은 시인이 펼친 논리를 더욱 탄탄하게 하는 역할을 한다. 우리는 이 시에서 시인이 고안한 말의 형식과 그 안에 들어 있는 정연한 논리의 반복을 통해 세상일에는 흔적이 남기 마련이며, 그 흔적을 가리기 위해 문제를 발견하여 지혜를 발휘하거나, 아니면 그 일 자체를 포기하는 두 가지 길이 있다는 것을 명심하게 된다. 또다른 시 한 편을 보자.

용산에서 열차 떠날 때
자리 번호 봐드렸더니
여수 간다시는 옆자리 할머니
오렌지도, 군고구마도 나누어주신다

할머니들은 먹을 것을 가지고 다니신다

지난 초겨울 부산 작은어머니 돌아가셨을 때
문상 내려간 나를 하룻밤 재워준,
이제 할머니가 되어버린 사촌 희야 누나
내 언제 또 니 밥 한끼 해주겠노,
장삿날 이른 새벽, 밥을 일부러 지어주셨다
어릴 때 누나가 지은 끼니를 많이 먹은 나
마흔몇 해 만에 추억을 먹는 새벽, 나도

살아서 언제 또 누나가 해주는 밥을 먹겠나 싶었다

　할머니들은 먹을 것을 손수 만들어주신다
　　　　　　　　　—「할머니들이 먹여 살린다」 부분


　이 시에선 "할머니들은 먹을 것을 가지고 다니신다"라는
문장이 반복, 변주된다. 연과 연 사이에 특정 구절을 반복시
키는 것은 재래의 서정시에서 흔히 보아온 시 형식이다. 널
리 알려진 명시 가운데 정지용의 「향수」가 이런 형식을 취하
고 있고, 거슬러올라가면 그것은 고려가요에 뿌리를 둔다.
이러한 시 형식에서 반복 구절은 모두 말소리의 반복에 의
한 음악성 제고에 기여한다. 고려가요에선 그것을 '여음'이
라고 부른다. 지용 시에서의 반복 구절인 "그곳이 참하 꿈엔
들 잊힐리야"는 특히 '참하'와 '잊힐리야'라는 시어에서 소
리 자질에 의한 음악성이 도드라진다. 그것은 '향수'에 대한
시인의 탄식을 극대화한다.
　하지만, 인용한 이희중 시에서 반복 구절들은 그러한 음
악성을 환기시키지 않는다. 이 구절들은 각각 그 앞 연에서
서술, 묘사한 장면들의 의미를 시인이 다시 일목요연하게
설명한 것이다. 특이한 것은 인물의 행위를 간명하게 재현
한 장면 묘사에선 운율 구사가 느슨하다가 장면에 대한 시
인의 요약 설명에서는 운율을 시도한 점이다. 행위의 묘사
에 운율을 장치시켜 그 장면을 역동적으로 드러내는 것이

일반적인 시작 방식이지만, 시인은 그보다는 그런 행위에
대한 자신의 생각을 정리한 대목에서 반복 구절을 통한 운
율을 구사하고 있다. 그래서 이 운율은 시인의 생각을 강화
하고 극대화하는 데 기여한다. "할머니들은 먹을 것을 가지
고 다니신다" "할머니들은 먹을 것을 손수 만들어주신다"
"할머니들은 우리가 먹고 사는 무엇임을 잊지 않으신다"라
는, 운율로 조성된 문장은 그 반복성으로 '할머니'와 '먹을
것'과의 관련성을 독자들에게 깊이 각인시킨다. 게다가 이
반복, 변주의 문장은 횟수가 거듭되면서 그 자체로 의미가
심화된다. 처음에 할머니들은 단순히 먹을 것을 가지고 다
니시는 존재지만, 그 다음번엔 그것을 직접 만들고, 마지막
엔 우리가 먹고 사는 존재임을 일깨우는 인물이다. 의미의
점층적 전개는 반복적 변주의 문장을 통해 자연스럽게 이루
어지고, 점층적 의미는 한층 설득력 있게 전달된다. 이러한
운율 효과로 우리는 이 시를 읽으며 먹는 것이 결국 인간 삶
의 기본이라는 엄연한 사실을 돌이켜보고, 할머니들이 우리
에게 얼마나 소중한 존재인지를 새삼 깨닫게 된다. 운율 조
성이 정서 환기나 행위의 재현을 넘어 논리의 강화와 메시
지 전달의 수단이 되는 것을 경험하는 것은 이희중 시 읽기
의 즐거움 중의 하나다. 생각의 즐거움을 추구하는 그의 '낯
선 시'들은 운율 조성에서도 그에 걸맞은 자기만의 독특한
시적 장치를 구축하고 있다.

## 2. 과학적 상상과 문학적 진실

어떤 사물이나 현상에 대한 느낌보다는 생각의 표출에 집중하는 그의 시적 태도는 종종 과학적 상상의 길로 향한다. 분석적이고 논리적인 사고 과정을 중시하고, 그 추론을 즐기는 시인이 과학적 사고를 자주 하는 것은 자연스러운 현상이다. 과학은 느낌의 반대편에 놓여 있는 영역으로서 치밀하고 합리적인 사고를 요구한다. 과학적 상상은 어떤 문제를 정서적으로 파악하기보다 이성적으로 풀어내려는 이들에겐 가장 이상적인 사고방식이다. 다음 시는 지하철 안의 사람과 사물들의 풍경을 보고 쓴 시이다. 지하철은 오늘날 가장 높은 이용률을 지닌 대중교통수단이어서 많은 시인들이 그 안의 풍경을 노래하곤 한다. 그들은 대체로 승객들의 표정이나 몸짓을 묘사하면서 그 안에 자신의 생각이나 느낌을 담아낸다. 그런데 이희중 시인은 전혀 다른 방식으로 시를 쓴다.

흔들리는 손잡이를 그 여자가 잡아주자
손잡이와 그 여자는 함께 흔들린다

마주서면 그녀의 귀고리는 잘 보이지 않는다
살짝 옆모습을 보여줄 때
또는 내가 두 걸음 그녀 옆을 돌 때

귀고리의 거죽을 엷게 덮은 금과 은은 각각
제 빛으로 도도히 반짝인다, 고것이
주인의 귀밑에서 주인보다 조금 더 흔들릴 때
살강거리는 아주 작은 소리
도도한 빛을 좇아 천천히 객차 안 멀리
퍼져나간다, 가라앉지 않고

앉았던 그 남자가 일어서자 그의 무게는
의자 위에 잠시 더 남았다가 주인을 따른다
빈자리에 그 여자가 앉고 그 여자의 치마는 조금 늦게
의자 위에 펼쳐져 가라앉는다

열차가 다시 움직인다
열차의 쇠바퀴가 쇠길 위에서도 겉돌지 않는 것은 제 무
게 때문이다
열차는 아무리 빨리 달려도 이륙할 수 없다
　　　　　　　　　　　—「중력을 엿보다」 전문

　지하철 안의 승객들과 사물들을 바라보며 시인은 어떤 생
각을 하게 되는데, 그것은 바로 중력의 법칙이다. 시인은
그들의 표정에서 어떤 생각을 읽거나 감정을 느끼는 대신
에 그들의 움직임에 작동하는 중력의 법칙에 대해 생각한
다. 이 시도 여느 시처럼 지하철 안 승객들의 몸짓을 묘사

하고 있긴 하지만, 그것은 철저하게 중력의 법칙 관점에서 이루어지고 있다. 이 시는 중력의 법칙에 대한 과학적 관찰 내지 검증 보고서라고 해도 과언이 아니다. 소리가 파동이어서 중력의 법칙을 받지 않으며, 중력과 양력의 차이를 보여주는 사례까지도 제시되어 있다. 시인은 지하철 안의 풍경과 레일 위를 달리는 지하철을 두고 이런저런 과학적 상상의 즐거움을 구가한다. 지하철 안의 풍경에서 이렇게 과학적 관찰을 시도한 작품을 다른 시인들에게서 찾기는 어렵다. 소재의 진부함에도 불구하고 이 작품은 그만큼 '낯선시'인 것이다. 이 과학적 상상의 시가 의미하는 것은 무엇일까? 왜 시인은 이토록 지하철의 풍경을 과학적 시각으로만 그리고 있을까? 이 시를 통해서 우리는 인간의 행동과 사물의 움직임이 근본적으론 과학적 원리에 의해 지배되고 있음을 새삼 확인하게 된다. 주관적 감정이나 생각에 앞서 존재하는 것이 과학적 사실이다. 과학적 사실은 세상사의 근본 원리이다. 아름다운 소리를 멀리 있는 사람이 같이 듣고, 천장에 매달린 손잡이를 잡으면 안전하며, 지하철이 궤도를 이탈하지 않는 등, 아름다움의 공유와 우리 삶의 안전도 과학적 원리의 지배를 받고 있다. 과학적 사실은 그 어떤 인간의 생각이나 이념이나 감정보다 우월적 지위를 지닌 객관적 진실인 것이다. 그럼 이희중 시인은 그러한 '과학적 사실'의 추구에만 전념하고 있는 것일까?

꼭 그래야 할 이유가 없는데도 달은 지구에게 한쪽만 보여준다. 우리는 평생 달의 한쪽만을 보거나 안 보거나 한다. 지구 어디서나 계수나무와 토끼, 절구와 공이만 보인다. 토끼는 수억 년 동안 한 동작으로 멈은 채, 지구에서 볼 때 달 동그라미의 한복판을 중심으로 돈다. 그러므로 달은 보물을 뒤춤에 감춘 채 고걸 보려고 덤비는 우리한테 한사코 얼굴만 들이미는 장난꾸러기. 그러하다면 달 뒤편에는 유에프오의 기지가 있고 환하고 뜨거운 문명의 축조물이 있음이 틀림없다.

―「뒤편」 부분


시인은 지구와 달의 자전과 공전주기로 인해 우리가 보고 있는 것은 결국 달의 한쪽뿐임을 상기시킨다. 지구 위에 있는 인간은 결국 단 한 번도 달의 뒤편을 본 적이 없다는 것이다. 이어서 그렇다면, "달 뒤편에는 유에프오의 기지가 있고 환하고 뜨거운 문명의 축조물이 있"을 거라고 시인은 분명한 어조로 말한다. 여기서 전자는 과학적 사실의 언명이고, 후자는 상상적 발언이다. 시인은 과학적 사실의 토대 위에 문학적 상상을 펼치고 있는 것이다. 이러한 시인의 문학적 상상에 대해 선뜻 동의하기 어렵지만, 논리적으로 반박하기 어렵다. 과학적 사실이 그 논리의 바탕에 깔려 있기 때문이다. 과학이 시인의 엉뚱하고 흥미로운 주장을 논리적으로 타당하게 받쳐주고 있는 것이다. 시인에게 과학적 사고는 문학적 상상을 펼치는 논리적 기반이 되어준다. 과학적 사고로 그의 기발한 문학적 상상은 반박할 수 없는 문학적 진실이 된다. 문학적 상상의 발언이 이처럼 확신에 찬 어조로 표명되는 것을 다른 시에서 찾기는 어려울 것이다. 그는 이제 과학적 사고를 기반으로 인간 삶의 본질적인 문제를 성찰해나간다.

　그들은 아직 오지 않았다. 그들이 결국 그 기계를 만들지 못한 것이다. 만들었다면 우리를 벌써 찾아오지 않았겠는가. 내 후손이 없다면 아는 이의 후손이라도 찾아왔어야 하지 않겠는가. 이렇게 살아가는 우리들에게 무어라고 말하고 싶지 않았겠는가.
　(······)
　마침내 그들은 알게 되었을 것이다. 기계를 만든들 과거를 쫓아간들 아무것도 달라질 것이 없다는 사실을. 우리가 사는 역사는 무한수의 갈래를 이룬 가능한 역사 가운데 한 가닥일 뿐임을. 그들이 이제 돌아와 조상들이 벌인 미련할 짓을 바꾼다 한들 정작 자신들의 세월이 달라질 리 없다는 것을. 바뀐 역사는 이미 자신의 역사가 아니라는 것을.
　그러므로 그들의 시간은 그들만의 시간, 우리들의 시간을 우리들만의 시간. 우리와 그들은 서로 다른 무대 위에서 시작한 저마다 다른, 외롭게 닫힌 연극의 배우들일 뿐.

우리는 영원히 미래를, 우리가 선택한 서사의 궁극적 결
말을 알지 못한 채 이 외롭고도 무서운 역사의 한 끄트머
리인 오늘을 살아갈 뿐.

　　　　　　　　　　　　　　　—「타임머신론」 부분

'타임머신'은 과학에서 인류가 꿈꾸는 최대의 발명품에
속할 것이다. 시간을 거스르며 과거와 현재와 미래를 마음
대로 오갈 수 있는 그것은 과학이 인류의 삶을 완전히 지
배할 수 있음을 보여주는 최후의 기기일 것이다. 시인은 그
꿈의 과학기기인 타임머신에 대해 생각의 문을 연다. 생각
의 첫 단계에서 시인은 아직도 미래의 인류가 그 기기를 만
들지 못했을 거라고 생각한다. 그 기계를 타고 미래의 인류
가 오늘의 우리에게 오지 않았기 때문이다. 그들이 그 기기
를 만들었다면 오늘을 사는 우리들에게 몇 마디 조언을 하
지 않았을 리 없다는 것이다. 그런데 생각의 두번째 단계에
서 그들이 설사 그 기기를 만들었다 하더라도 오늘의 우리
들에게 오지 않았을 거라는 추론을 한다. 미래의 후손들이
자신들의 생애를 역추적해서 오늘의 우리들에게 온들 그들
의 삶이 달라지지 않기 때문이다. 그들이 오늘의 우리들에
게 조언을 하여 삶의 진로를 바꾼다면 그것은 자신들이 알
수 없는 또다른 삶이기 때문이다. 결국 인류 과학 최고의 발
명품인 타임머신이 발명되어 시간을 마음대로 여행한다 한
들 오늘의 우리 삶은 우리 스스로가 책임져야 하는 것이다.

아무리 과학이 발달해도 우리는 내일을 예측할 수 없음을 이 시는 과학적 추론으로 전해준다. 우리는 막연하게 내일이 오늘과 똑같을 것으로 생각한다. 하지만 오늘과 똑같은 내일은 없다. 오늘은 오늘이 마지막이며, 오늘 우리는 매순간 스스로 선택하고 책임지며 살아야 한다. 시인의 말대로 오늘 우리는 "외롭고도 무서운 역사의 한 끄트머리"에 있는 것이다. 이 시는 우리 삶에서 하루하루가 얼마나 힘겹고 소중한 것이며, 또 인간의 운명은 결국 인간이 스스로 책임져야 한다는 것을 말하고 있는 것인데, 그것이 과학적 추론에 의해 결론지어짐으로써 한층 서늘하게 전해진다. 결국 시인은 과학적 상상을 통해 문학적 진실을 한층 단단하게 전하고 있는 것이다.

아리스토텔레스는 역사와 문학을 비교하면서 전자는 '사실'만을 전하지만, 후자는 개연성 있는 허구를 통해 사실 안에 숨어 있는 '진실'까지 파헤친다는 점을 통찰하여 문학의 우월성을 내세운 바 있다. 그 연장선에서 이희중 시들을 살펴보면, 그는 과학적 사고에 기반한 문학적 상상력의 전개로 과학의 소중함과 과학 너머에 존재하는 문학의 존재 이유를 입증하고 있다고 할 수 있다. 과학과 문학의 협치가 소설 분야가 아닌 시 장르에서 시도되고 있다는 점에서 이희중의 시는 선구적이라고 할 수 있다.

## 3. '~론시(論詩)'의 발명

  분석적이고 과학적인 사고로 문학적 상상력을 펼치는 이희중의 시적 태도는 자기만의 독특한 시 형식을 창조해낸다. 이른바 '~론시'의 발명이다. 이번 시집에 이런 형식의 작품은 총 아홉 편 실려 있다. 「상처론」「짜증론」「범론」「간지럼론」「총론」「사랑론」「격정론」「여행론」「타임머신론」이 그것이다. '논(論)'은 본래 한문 산문의 양식(문체) 가운데 하나이다. 유협은 『문심조룡』에서 문학의 양식을 시(詩), 소(騷), 논(論), 설(說)을 포함해 24개로 나누어 설명한 바 있다. '논'은 주제가 선명하며 사리를 논리적으로 분석해나가는 글을 가리킨다. 한국에서는 조선시대에 유학이 발달하고 과거가 실시되면서 '논'이 중요한 산문의 양식으로 떠올랐다. 조선시대 '논' 양식의 대표적인 한문 산문으로 허균의 「호민론(豪民論)」, 박지원의 「백이론(伯夷論)」, 정약용의 「오학론(五學論)」 등을 들 수 있다〔한문산문에 대해서는 심경호의 『한문산문미학』(고려대출판부, 2013) 참조〕. 현대에 와서 인문학 논문의 제목을 흔히 '~론'으로 삼는 것은 이런 산문 양식의 형식에 뿌리를 둔 것이다. 이희중은 논리적으로 사리를 따지는 데 주력하는 한국의 전통적인 한문 산문 양식을 자신이 추구하는 시의 형식으로 수용하고 있는 것이다. 현대시 형식에 한문 산문의 양식이 스며든 그의 '~론시'는 예스러운 향기와 혁신적인 멋을 동시에 발산한다.

그가 '~론시'에서 논하고자 하는 대상은 모든 영역을 아우른다.「짜증론」「사랑론」「걱정론」은 인간의 감정을,「여행론」「간지럼론」「타임머신론」은 인간의 행동을,「총론」「범론」「상처론」은 사물이나 동물을 시의 대상으로 다룬다. 그는 추상적인 것에서 구체적인 사물에 이르기까지 전 영역을 '~론시'의 대상으로 삼고 있다. 그런데 여기서 주목되는 것은 대상이 어떠하든, 그는 대상 자체를 논하지 않는다는 점이다. 그보다는 그 대상을 탄생시킨 사람에 대해 논한다. 가령,「총론」의 경우 총의 성격보다는 총을 만든 사람에 대해 논한다. 총의 성격이 진술되더라도, 그것은 어디까지나 총을 만든 사람의 성격의 결과로서 제시될 뿐이다. 시인의 초점은 그 사물에 연관된 사람에 맞춰져 있다.

이 묘한 물건은 칼, 창, 도끼 따위를 들고 싸움터에 나가 적의 몸을 손수 베거나 찌르거나 찍을 용기가 없는 겁 많은 놈이 처음 생각해냈음이 틀림없다. 그놈은 필경 제가 적의 몸을 베거나 찌르거나 찍으려 하는 사이 저쪽이 먼저 제 몸을 베거나 찌르거나 찍을 사태를 무엇보다 염려한 사람이었을 것이다.

—「총론」 부분

시인은 총을 그전의 구식 무기와 비교하면서, 총을 처음 생각하고 만든 사람이 겁 많은 사람일 거라고 확신한다. 싸움터에서 직접 적과 몸으로 부딪치며 싸울 용기가 없는 사람이 싸움터에 나가 싸우는 대신에 손가락을 건드릴 정도의 힘만으로 적을 죽일 방안을 고안해냈을 거라고 생각한다. 시인에 의하면 총을 처음 만든 사람은 겁 많고, 게으르고, 교활한 사람이다. 그런 사람에 의해 총이 만들어져 종국에는 자기 자신을 포함해 모두를 불안에 떠는 사회로 만든다는 것을 시인은 논리적으로 추론한다. 시인은 결국 총을 통해 인간 내면을 통찰하고 사회상을 성찰하고 있는 것이다.

그럼 총과 같은 사물이 아닌 사람의 감정을 논할 때엔 어떠할까? 이 경우에도 시인은 감정 자체에 대해서는 논하지 않는다. 「짜증론」의 경우 짜증의 발생 원인이나 짜증나는 상태에 대해서는 논하지 않는다. 대신에 짜증을 누구한테 내느냐에 생각을 집중한다.


모름지기 짜증은 아무한테나 내는 것이 아니다 짜증은 아주 만만한 사람한테나 내는 것이다 그러므로 세상에서 짜증을 받아줄 마지막 사람은 제 엄마다 (……) 짜증이 심한 사람은 엄마만 아니라 다른 식구들한테도 짜증을 낸다 필시 이 사람은 제 식구를 아주 만만하게 생각하는 사람이다 달리 보면 식구를 예사롭지 않게 믿고 사랑하는 사람일지도 모르겠다

—「짜증론」 부분

시인은 짜증이란 감정을 정의할 때부터 그것을 발산하는 상대에 대한 규정으로 한정한다. 그래서 엄마와 가족, 타인, 그리고 자기 자신에게 짜증을 내는 경우를 나누어 각각의 인간 됨됨이와 사정을 성찰한다. 감정의 발산 상대에 대한 관찰을 통해 사람의 성격과 처지를 여러 층위로 살펴보고 있는 것이다. 「격정론」의 경우엔 아예 격정이란 감정을 상대를 향한 감정으로 한정해서 규정한다. 격정은 나 자신의 일에 대해 일어나는 감정일 수도 있지만, 시인은 오로지 상대를 향해 일어나는 나의 감정으로 한정한다. 그래서 나이가 들수록 격정의 상대가 많아지므로 격정도 점점 커지고, 또 격정은 떨어진 거리에 비례하므로 상대의 격정을 덜기 위해서는 그와 떨어지지 말아야 한다는 결론에 이른다. 이처럼 그의 '~론시'는 사물과 연관된 사람이나 감정을 표명하는 사람 사이의 관계에 대한 관찰로 인간의 내면을 파헤친다. 어떤 사물에 대한 느낌을 직접 드러내는 대신, 그 사물을 만든 사람의 마음을 성찰하고, 또 어떤 경험에서 촉발된 감정을 직접 드러내는 대신, 어떤 감정이 상대에게 전달되는 양상을 관찰하며 인간의 내면을 성찰함으로써 시인이 전하는 인간 군상들의 됨됨이들은 객관적이고 보편적인 진실로 전해진다. 시인은 주관적인 문학 장르인 시를 소설 같은 객관적인 문학 장르로 전환시키고 있다. 그의 '~론시'는 시 장르의 혁신을 보여주는 것이다.

그의 '~론시'가 지닌 객관적이고 보편적인 진실로의 전

달은 진술의 형식에서 더욱 확고해진다. 그의 '~론시'는 시인의 생각을 논증해나가는 형식을 취한다. 논증 방식은 대체로 연역적이다. 널리 통용될 보편적 주장이나 명제를 앞에 제시하고 여러 사례들을 통해 그것을 입증하거나, 또는 그것을 여러 사례에 적용하며 보다 구체적인 주장으로 나아간다. 서두에 제시된 가설 성격의 자기주장은 하나같이 시적인 통찰들로 이루어져 있다. "모름지기 짜증은 아무한테나 내는 것이 아니다 짜증은 아주 만만한 사람한테나 내는 것이다"(「짜증론」), "철이 들었다는 말은 누군가를 걱정하게 되었다는 뜻이다"(「걱정론」), "세상에 그런 종내기가 하나쯤 있어야지"(「범론」), "사랑은, 사실 번식의 도구"(「사랑론」) 등과 같은 서두의 대전제들은 모두 인간 삶에 대한 깊은 성찰의 소산들이다. 뿐만 아니라 이러한 대전제들을 입증하고 적용해나가는 여러 사례들도 모두 시적인 관찰과 직관으로 가득차 있다. "저 자신한테 짜증을 부린다 이 사람은 저 자신을 만만하게 생각하는 사람이다 아니면 저 말고는 아무도 안 믿거나 못 믿는 사람이다 이도저도 아니라면 이 사람은 필시 세상에서 가장 외로운 사람"이라는 진술은 인간의 심리와 처지에 대한 오랜 관찰과 사색 없이는 나올 수 없는 표현이다. 시인의 논증은 대전제와 그 입증 사례 등이 모두 시적인 성찰로 가득차 있어 한편으론 가슴으로 전해지기도 한다. 그의 '~론시'는 이성과 감성의 복합적 언술이라고 할 수 있다. 그래서 그의 '~론시'는 보다 폭넓은 공감을 얻는다.

한편 그의 '~론시'에서 논증은 주로 연역적 방식을 취하지만, 때론 귀납적 방식을 취하기도 한다. 그중에서 대표적인 작품이 「간지럼론」이다. 시인은 '간지럼'이란 말의 의미를 검토하고, 이를 바탕으로 간지럼의 발생 과정과 그 반응을 하나하나 분석한 다음, 그 결과를 토대로 간지럼에 대한 정의와 의미를 제시하며 시를 맺는다. 간지럼은 그 행위와 반응이 매우 독특한 것이어서 그에 대한 논의에선 구체적인 사례의 수집과 검토를 토대로 결론을 맺는 귀납적 방식이 훨씬 효과적이다. 시인은 제재에 맞춰 적절한 논증 방식을 채택하고 있다. 이 시는 아홉 편의 '~론시' 가운데 논증방식이 가장 치밀하고 흥미로워 특히 주목된다.

간지럼은 간지르다 또는 간질이다라는 말이 가리키는 몸짓에 이어지는 느낌으로, 간지럽다라는 말과 이웃이다. 함부로 생각하면 간지럼은 몸에서 일어나는 대수롭지 않은 반응으로 보인다. 우리 살갗 어디를 한동안 아프지 않을 정도로 건드리거나 만지면 이 느낌이 생기는데 이어지는 몸짓은 대개 웃음이다. 이는 빙긋이 짓는 웃음과는 틈이 있을 때가 많아서 훨씬 더 세찬 웃음이라 말해 옳을 것이다. 또는 모기한테 물렸을 때처럼 낯선 것이 몸속으로 흘러들어와 몸이 이를 몰아내려고 벌이는 작업 때문에 비슷한 느낌이 인다고 볼 수도 있을 텐데, 따져보면 이는 웃

음을 이끌고 오지 않으며 근지러움이나 가려움에 더 가까
워서 서로 같다 할 수 없고 간지럽다가 아닌 근지럽다라는
말이 가리키는 모양새와 이웃인 점에서 다르다.
                                            —「간지럼론」 부분

　시인은 서두에 '간지럼'이란 말의 의미를 살펴본다. 시인
은 간지럼을 "간지르다 또는 간질이다라는 말이 가리키는 몸
짓에 이어지는 느낌"이라고 풀이한다. 국어사전엔 간지럼이
"간지러운 느낌"이라고만 풀이되어 있다. 시인은 간지럼을
단순히 느낌으로만 파악하지 않고, 그런 느낌을 유발한 상
대의 몸짓까지 헤아리고 있는 것이다. 시인은 간지럼의 발
생 과정 전체를 말하고 있는 것인데, 그것은 간지럼이 두 사
람 사이에서 일어난다는 것을 분명히 보여주기 위한 것이라
고 할 수 있다. 이어서 바로 그 상대의 "몸짓에 이어지는 느
낌"에서 비롯되는 몸의 반응과 마음의 반응, 그리고 그 둘의
복합적 반응으로서 '웃음'의 성격을 설명하며 간지럼에 대한
본론의 분석을 맺는다. 간지럼의 발생을 둘러싸고 둘 사이에
이루어지는 느낌의 세부를 하나하나 잘게 나누어 분석하고
있는 이 설명에서 가장 눈에 띄는 것은 '비교'이다. 시인은
간지럼이 남이 나에게 가하는 가벼운 물리적 행동인데, 웃
음 유발 여부에 따라 그것이 모기한테 물렸을 때와 다르고,
그 점에서 '간지럼'은 '근지럼'과 다르다고 말한다. 간지럼은
몸의 반응뿐만 아니라 마음의 반응까지 동반하는데, 간질이

는 남을 보는 나의 친근함 여부에 따라 '폭행'과 다르다고 말한다. 둘 사이의 비교는 간지럼이 물리적 행동의 반응으로서 웃음을 유발한다는 사실을 다시 상기시킨다. 그래서 이제 관건이 되는 그 웃음의 성격을 살펴보는데, 웃음의 지속성 여부에 따라 그것은 쾌감과 고통의 경계에 선 느낌이며, 그 점에서 그 느낌은 성적 자극의 원리와 비슷하다고 말한다.

간지럼과 모기 물린 느낌과의 비교는 간지럼이 사람 사이에서만 나타난다는 것을 부각시키고, 간지럼과 근지럼의 비교는 그 점을 다시 확인시킨다. 간지럼과 폭행과의 비교는, 인간 사이의 물리적 행동 중에서 웃음의 호의를 지니게 되는 특별한 것이 있음을 환기시킨다. 그리고 그때 그 웃음은 쾌감에 가깝지만, 또 한편으론 고통에 닿아 있기도 해서 성적 자극의 원리와 닮았다는 것은, 간지럼이란 것이 친밀한 인간 사이에서 몸과 마음이 작동하여 일어나는 은밀한 그 무엇이라는 것을 각인시킨다. 이제 간지럼의 발생 과정 전체에 대한 분석을 통해, 그것이 두 사람 사이의 특별한 몸짓으로 나타나는 것이고, 또 성적 자극에 견줄 만큼 특별한 느낌을 지니는 것이라는 것이 밝혀졌다. 이제 이를 종합하여 시인은 다음과 같은 결론을 낸다.

간질이는 남의 몸짓과 이어지는 간지럼이라는 나의 느낌과 다시 이어지는 웃음이라는 나의 몸짓은 남과 나, 둘 사이에 일어나는, 몸보다 마음의 간여가 두드러지는, 행

148

동과 느낌이 뒤섞이는, 관객을 배려하지 않는, 두 사람이
배우이자 관객인, 매우 복잡하고 아름다운 공연이다.

시인은 그들의 특별한 몸짓을 종합하여 '공연'이라고 결
론 낸다. 그것은 그들의 행위가 '예술'임을 함축하는 비유이
다. 그 앞에 붙은 "복잡하고 아름다운"이란 말은 직설적인
수식어지만 함축적 의미를 지닌다. 그것은 간지럼의 발생
을 둘러싼 두 사람의 몸짓이 고난도의 예술 행위와 같이 높
은 가치를 지닌 것임을 함축한다. "관객을 배려하지 않는"
이란 수식어도 마찬가지이다. 이 역시 직설적인 말이지만,
그것은 둘의 몸짓이 둘만을 생각하는 더없이 친밀한 행위임
을 가리키면서 동시에 그 동작이 좀 기괴하다는 것을 가리
킨다. 직설적인 설명어로 함축적 의미를 전달하는 것은 이
희중 시의 표현 특징 가운데 하나이다. 그는 설명적인 언어
와 논리적인 형식으로 자신의 생각을 입증해나가고자 하지
만, 이러한 독특한 비유와 함축이 그의 언술을 시적으로 승
화시킨다. 간지럼을 둘러싼 인간의 몸짓을 고난도의 공연으
로 결론지음으로써 시인은 그것이 인간 사이의 아주 특별
한 관계 속에서만 벌이는 예술 같은 특별한 일임을 확인하
였다. 그러고 나서 시인은 마지막에 나 자신이 나를 간질일
수 없음을 다시 확인하면서 나를 간질일 수 있는 사람이 누
구인지 반문하며 시를 끝맺는다. 결국 시인이 간지럼을 통
해 말하고 싶은 것은 사랑 이상의 특별한 관계의 소중함이

며, 그에 대한 갈망인 것이다.


### 4. 비유, 선택된 사례

이희중 시에서 자주 구사되는 시적 기법의 하나는 비유이
다. 그 비유는 설명적이고 논리적인 진술이 주류를 이루는
그의 시에 시적 여운과 기품을 부여하는 중요한 시적 요소
가 된다. 사실 비유는 운율과 함께 중요한 시적 원리이다.
시란, 간단하게 말하면 운율과 비유로 이루어진 언어 조직
이며, 이 중에서 더 중요한 요소가 비유라고 할 수 있다. 운
율이 희박한 시는 있어도 비유가 하나도 구사되지 않은 시
는 많지 않다. 특히 서구와 달리 점점 산문적으로 진화되어
가는 한국의 현대시에서 비유는 빼놓을 수 없는 시적 요소
이다. 오랫동안 이어져오고, 우리 시에서 특히 더 중요한 요
소로 꼽히는 비유를 중요한 시적 기법으로 삼고 있다는 점
에서 이희중 시는 보수적이고 전통적이라고 할 수 있다. 하
지만 비유를 구사하는 그의 시적 방식은 그렇게 전통적이
지 않다. 그는 비유 사용의 일반적 방식을 벗어나, 자기만
의 개성적인 방식으로 구사한다. 그는 비유를 수사로 사용
하거나, 비유를 통해 시적 의미를 담아내는 교과서적인 방
법을 따르지 않는다. 그보다는 어떤 구체적인 대상에 대한
성찰을 시도하면서, 그 대상이 환유나 상징으로 나아가는

방식을 추구한다.

　이십대 어느 가을 나도 이런 타자기를 산 적이 있다 아
르바이트로 모은 돈에, 부모님께서 보태주신 돈을 얹어
내 필생의 타자기를 사오던 날 이제 만년필을 아끼고 특히
오른쪽 가운뎃손가락 첫 마디 왼쪽을 쉬게 하고 공평하게
열 손가락으로 세상 끝까지 자판을 두드리며 가리라 다짐
할 때, 장차 내가 써야 할 긴 글들과 함께 걸어가야 할 길
은 또 얼마나 반반했던가 그러나 곧 전기 꽂아 쓰는 바퀴
타자기에 전자 문서 작성기, 개인용 컴퓨터가 이어 나와
서 이제 아무도 균등한 힘으로 글쇠를 누르려 애쓰며 타
닥타닥 두서 있게, 야무지게 글을 쓰지 않고 전기로, 돈으
로 소리 없이 글을 쓰게 되었다
　　　　　　　　　　　　　　　　　　　　　　　—「타자기 유감」 부분


　시인은 생략한 서두에서 버려진 녹슨 타자기의 망가진 모
습을 제시한 후, 인용 대목에서 보듯 타자기를 비롯한 각종
필기도구에 대한 경험 사례를 진술한다. 시인은 새로 구입
한 타자기를 그전에 사용했던 만년필과 비교하고, 그후에
등장한 컴퓨터와 비교한다. 일련의 필기도구 사용에 대한
경험에서 시인은 손가락 사용에 주목한다. 만년필을 사용할
땐 가운뎃손가락 첫 마디에 집중적으로 힘이 가해지지만,
타자기를 사용할 땐 공평하게 열 손가락을 다 사용하여 균

등한 힘의 분배가 이루어진다. 반면, 그후에 나온 현대화된 필기도구들은 전기로 움직이며 그것들은 점점 진화하여 이제 전기와 돈으로 글을 쓰는 세상이 되었다고 생각한다. 시인은 일련의 필기도구의 사용 경험에서 그것을 작동시키는 힘의 구사에 주목하여 균등한 육체 사용이 사라지고 대신 전기와 돈이 그것을 대체하게 되었음을 역설한다.

그런데 이 시에서 타자기는 타자기란 물건만을 가리키는 것은 아닐 것이다. 그것은 재래식 기계 전체를 가리킬 것이다. 같은 맥락에서 전동식 타자기와 워드프로세서와 컴퓨터는 현대식 기계 전체를 가리킬 것이다. 이 점에서 이 시에 제시된 필기도구들은 모두 환유 내지는 상징으로 사용된 것으로 봐야 할 것이다. 이렇듯 시적 대상이 의미적 확장성을 지님으로써 전기와 돈이 노동을 지배하고 노동의 공평함을 앗아간다는 시인의 주장은 필기도구만의 문제를 넘어 자동화된 기계가 낳은 사회적 문제에 대한 비판적 성찰로 메아리친다.


차마 맨땅에 내려놓을 수 없어
방안에서만 신어보다가
이튿날 아침 집을 나서서도
혼자 딴 나라를 걷지

(……)


152

언제부터던가,
입성 가운데 맨 아래에서
무른 몸과 날선 세상이,
마른 몸과 물든 세상이 맞닿지 않게 하는 일이
고작 그것의 쓸모일 뿐임을 다시 용인하게 되는 때는
세상 더러움이 거기 다 뭉쳐 있는 양 이제 손대는 것조
차 꺼리지

—「새 신 감각」 부분


이 시에선 새 신발의 구입과 사용에 대한 시인의 구체적인
경험이 진술된다. 처음 새 신발을 살 때는 깨끗함에다 번쩍
이는 외양이 보태져 보물처럼 애지중지하다가 시간이 지나
때가 묻어 그것의 보잘것없는 기능만이 남을 때, 이제 그 신
발의 소유자는 더러워진 그 물건을 외면한다. 여기서도 신
발은 신발이란 물건 이상의 의미로 확산된다. 신발은 자연
스럽게 사람으로 대체된다. 사람을 대할 때도 우리는 신발
의 경우와 마찬가지 아닌가? 처음엔 신선한 외양에 그 사람
을 아끼며 지내다 시간이 지나 그 사람의 보잘것없는 쓰임
만이 눈에 들 때 가차없이 버리는 것은 아닌가. 신발은 그
렇게 의미적 확장을 띠며 상징으로 나아가고, 그래서 시인
의 주장은 신발이라는 시적 대상을 넘어 그것과 관련된 여
러 대상에 두루 적용되며, 궁극적으로는 사람살이와 사람의

내면에 대한 성찰로 귀결된다.

한편 환유나 상징으로 나아가는 시적 대상은 언제나 구체적이며, 시인은 늘 그것을 경험 사례로 제시하기 때문에, 시안에 비유와 논평이 공존하는 경우가 많다. 앞서 인용한「새신 감각」이나「타자기 유감」모두 그 대상이 비유적 성격을 지니지만, 그 대상에 대한 시인의 논평이 시의 전면에 제시된다. 그래서 그의 시는 상징적인 이야기를 하는 경우에도 기본 형식은 근본적으로 '~론시'의 그것과 크게 다르지 않다. 즉, 여전히 자기주장을 내세우고, 그것을 입증하는 형식을 견지하고 있는 것이다. 다음 시에서는 그런 형식이 좀더 노골적으로 나타난다.

사람들이 똥파리라고 부르는
저 금파리의 비행, 완벽하다
산 것은 다 아름답다

방충망 열린 틈으로
뜻하지 않게 사람의 집 낯선 거실로 날아들었으나
당황하지 않는다, 체통을 잃지 않는다
대형 수송기 같은 소리를 내며

(……)

이제 금파리는 닥친 죽음과 싸운다
세심한 경계를 내려놓고
유기체의 긍지를 내려놓고

필생의 모든 것을 내려놓고
오직 죽음하고만 싸운다
눕고 뒹글고 아무데로나 몸을 날려
물건들을 툭툭 치며 스스로 물건이 되어간다
                    ―「죽음하고만 싸운다」 부분

이 시는 방충망을 뚫고 집안으로 들어온 파리의 비행과 그
죽음을 보며 쓴 작품이다. 이 시에선 개별 묘사가 돋보인다.
집안에서 소리를 내며 활발하게 날아다니는 파리의 비행을
대형 수송기와 정찰기에 빗대고, 살충제로 죽어가는 파리를
사물에 견준 것은 시인의 전언을 잘 보여주는 적절한 비유
라고 할 수 있다. 이 점에서 이 시는 부분적으로는 교과서
적이다. 하지만, 이 시의 비유는 여기서 그치지 않는다. 이
시에서 파리는 생명체 전체를 가리키며, 궁극적으론 사람을
가리킨다. 이 시는 작품 전체가 하나의 상징으로 이루어졌
다고 할 수 있다. 그런데 그 상징은 여기서도 예외 없이 구
체적인 경험 사례로 제시되고 있으며, 시인은 그 안에서 자
기주장을 직설적으로 전한다. 이 시에선 그런 시인의 주장
이 '~론시'처럼 가설로 제시되고, 이어 사례를 통해 입증하

155

는 형식을 취한다. 1연에 제시된 "산 것은 다 아름답다"란 문장은 '~론시'의 가설과 같다. 그리고 이어진 묘사를 통한 금파리 비행의 제시는 그에 대한 입증 사례에 해당한다. 그런가 하면 시의 마지막 연에서 사물에 견준 파리의 죽음에 대한 사례는 죽어가는 모든 생명체에 대한 시인의 주장, 즉 "죽음하고만 싸운다"는 명제의 생생한 입증에 해당한다. 이 명제는 시의 제목으로도 채택되어 있다. 구체적인 사례로 입증된 자기주장에 대해 시인은 그만큼 애착을 갖고 중요하게 생각하는 것이다. 그의 시에서 비유는 어느 면에서 시인의 전언에 대한 압축된 입증 사례라고 할 수 있다. '~론시'에서 여러 사례로 제시한 것을 환유와 상징성을 지닌 하나의 사례를 선택해 사용한 것으로 볼 수 있다. 구체적인 경험 사례의 제시와 명증한 논증은 일관되게 유지되는 그의 시적 태도라고 할 수 있다.

### 5. 기억의 재생, 선명한 주제

언제나 구체적인 경험 사례에서 시를 시작하고, 또 그를 통해 결론을 맺는 이희중의 시에서 가장 중요한 시적 자원은 당연히 삶의 경험이다. 특히 자신이 직접 겪은 생생한 생활 경험은 시적 성찰을 더 진지하게 자극하는 것이기에 시 쓰기의 유용한 원천이 될 것이다. 시인의 생활 경험은 자신의 생애를 통해 넓게 포진해 있으므로 경험의 수집을 늘리기 위해서는 현재보다 더 넓은 삶의 영역을 지닌 과거로 거슬러올라가기 마련이다. 과거는 추억으로 남아 있으므로 과거의 경험을 되살리려면 기억에 의존해야만 한다. 과거의 기억은 모두가 공유할 수 있는 보편적인 것일 때 공감과 설득의 효과도 클 것이다. 추억은 아름답게 윤색되는 경우가 많으므로 공유된 기억의 경험은 현재의 그것보다 더 애잔하고 아련하게 독자들의 가슴을 울릴 수 있다. 문제는 기억의 재생력이다. 과거의 사건들 중 체험의 공유 영역이 넓은 것들을 선택하는 안목과 그것의 생생한 복원 능력이 중요한 관건인데, 이 점에서 이희중은 탁월한 능력을 보인다. 그는 경험의 성찰과 주장의 입증뿐만 아니라 기억의 재생에서도 남다른 솜씨를 발휘한다.

> 잘나가는 폴 매카트니나 존 레논보다도
> 그들이 불쌍해 마지않던
> 음울한 조지 해리슨, 또는 못난 링고 스타를 더 좋아
> 한 사람
> 해바라기의 보스 이주호보다는
> 누군가의 마음에 따라 자주 교체되던
> 그 짝꿍한테 더 눈길이 가던 사람
> (……)

김일보다 장영철을 더 좋아한 사람

　　(……)

　　홍수환보다는 염동균을 더 좋아한 사람

　　말년에 그가 오른손을 접고 싸웠다는 사실을

　　세월이 흘러도 잊지 않는 사람

　　(……)


　　안정환보다는 윤정환을 더 좋아한 사람

　　우리 편이 골 넣었을 때

　　벤치에 앉은 후보 선수들의 표정을 살피는 사람

　　(……)


　　이런 시 읽으면서 동그라미 치며 자신을 감별하고 있
는 사람

　　　　　　　　　　　　　　　　　—「아웃사이더 감별하기」 부분


　시인은 비틀스 멤버에서부터 세상을 떠들썩하게 했던 대
도(大盜)에 이르기까지 각 분야에 걸친 대표선수와 그들의
명성에 가려졌던 후보와 무명 선수들의 이름들을 하나하나
명시한다. 그들의 상세한 명단 제시가 이 사회의 주류와 비
주류를 가르게 하는 시인의 선택지이다. 이 중에서 후보와
무명 선수를 더 기억하는 사람들이 비주류라고 시인은 말한
다. 이 시는 기억의 재생이 그대로 시의 의미를 좌우하고 있

다. 시인이 복원한 과거 인사들의 면면과 비주류들의 소소
한 에피소드들은 현재로부터 10년 전에서 50년 전까지 널리
포진해 있다. 독자들은 자신의 연령대만큼 이 시의 과거에
동참하며 시인의 전언에 빠져들 것이다. 그리하여 이 시를
읽으며 해당되는 항목에 동그라미 치고 있는 독자들의 모
습은 그대로 리얼리티를 확보하는 시적 진술이 된다. 이 시
가 기억의 재생을 통해 독자와 경험의 공유를 달성하고 있
다면, 그것은 과거의 생생한 복원뿐만 아니라, 의미 있는 과
거의 선택이 함께 어우러진 결과이다. 시인은 한 시절을 대
표하면서 동시에 공감의 영역이 넓은 분야의 일들에서 명단
을 뽑아내는 역사적 안목을 발휘하고 있다. 시인이 명시한
아웃사이더들에 독자들이 공감할 수 있는 것은 그들이 비록
존재감이 희미하더라도 한 시절 당대인들의 관심을 받았던
사건들의 모퉁이에 있는 사람들이기 때문이다. 그리하여 독
자들은 시인의 기억으로 되살린 이 아웃사이더들에 공감하
면서 동시에 그 시절의 나의 삶까지 되돌아보게 된다. 시인
이 제공한 아웃사이더들의 선택지에 동그라미 치는 순간은
바로 지난날의 자기 삶을 돌이켜보는 시간이다. 시인이 시
도한 기억의 재생은 독자들에게 자기정체성을 찾아주는 시
간이기도 한 것이다.

　시인이 아웃사이더들을 일일이 기억하는 것은 그들에게
그만큼 애정이 많기 때문일 것이다. 또 이 시가 기억의 재생
만으로도 의미 있는 시가 된 것은 기억된 과거가 아웃사이

더들의 일이기 때문이다. 유명인사의 나열만으로 기억이 재생되었다면, 그것은 시가 되지 못했을 것이다. 아웃사이더들에 대한 연민이라는 뚜렷한 시인 의식이 이 시를 낳고, 또 그러한 선명한 주제가 이 시를 진정한 작품으로 승화시키고 있다. 그의 시는 주제가 뚜렷하고, 또 그것이 시의 미덕이 되는 낯선 경험을 독자들에게 제공한다. 시의 주제가 과도하게 노출되면 목적에 치우쳐 작품성이 떨어지는 것이 일반적이지만, 그의 시는 오히려 선명한 주제가 작품성을 끌어올리고 있다. 그것은 논리적 사유, 과학적 상상, 사례의 입증, 기억의 재생 등과 같은 그만의 시적 설계 방법에서 기인한 것이다. 그는 선명한 주제 도출에 걸맞은 시적 기법을 고안하였고, 그를 통해 시적 의미의 전면 노출이 작품성을 상승시키는 시의 모델을 만들어내었다. 그리하여 우리는 그의 시 곳곳에서 작품 전면에 드러나 있는 의미 있는 시적 전언들과 마주하게 된다. 그 전언들은 '아웃사이더에 대한 연민'처럼 인간의 내면 깊숙한 곳에 대한 오랜 응시와 성찰 속에서 얻은 것들이다.

　　걱정은 힘없는 사람이 지닌, 무언가를 향한 가없는 사
　랑의 부산물이다.
　　　　　　　　　　　　　　　　　　　　　—「걱정론」 부분


　　엄마들은 보통 자식의 마음과 제 마음속을 분간 못하

는 불구, 자식들은 엄마에게 어떤 원죄가 있다고 믿는다
　　　　　　　　　　　　　　　—「짜증론」 부분


　물건을 아끼는 길은 그것이/ 본디 할 일을 제대로 하면
서 낡아가게 놓아두는 것
　　　　　　　　　　　　—「흐르는 시간 속에서」 부분


　예술은, 먹을 것은 잘 장만하지 못하면서/ 새끼를 많이
낳거나 불러 키우는/ 입만 산 나쁜 부모.
　　　　　　　　　　　—「젊은 예술가를 위한 노래」 부분


　본색으로만 들앉는 시간이 없다면/ 이 눈먼 세월을 무
슨 수로 감당하리
　　　　　　　　　　　　　　　—「가을, 도원에서」 부분


　우리는 자주, 다 알고는 멀리 한다./ 다 알고서도 싫증
내지 않을 수 있을까.
　　　　　　　　　　　　　　　　—「알면 멀어진다」 부분


　우리는 영원히 미래를, 우리가 선택한 서사의 궁극적 결
말을 알지 못한 채 이 외롭고도 무서운 역사의 한 끄트머
리인 오늘을 살아갈 뿐.
　　　　　　　　　　　　　　　　—「타임머신론」 부분


161

이러한 문장들은 보통 소설의 독서 경험에서 발견하는 것들이다. 그것들은 대체로 인간의 땀과 눈물이 배어 있는 끈적끈적한 서사의 과정에서 나오곤 하는 삶의 기록들이다. 이러한 명문장들에 밑줄을 그으며 잠시 생각에 잠겨보는 것이 소설 읽기의 즐거움 중의 하나인데, 그것을 이희중 시인은 시를 통해 우리들에게 선사한다. 시 읽기에서 이러한 즐거움을 구가하는 것은 다른 시인들의 작품에서는 좀처럼 경험하기 어려운 일이다. 그는 시의 전통 형식을 유지하면서도 소설이 제공하는 경구들을 곳곳에 드러내고 있다. 그것은 지금까지 살펴본 대로 그의 독특한 시 방법 때문에 가능할 수 있는 것이었다.

뚜렷한 주제가 오히려 작품성을 드높이는 시적 방법으로 이희중 시인은 이번 시집에서 많은 메시지를 독자들에게 전한다. 공격에 대한 거부, 약자에 대한 연민, 외양의 허구에 대한 비판, 타인에 대한 배려, 기성세대에 대한 저항, 인간의 숙명적 죽음, 정의의 추구, 자유에 대한 갈망 등의 여러 전언들이 그의 시 전면에서 울려퍼진다. 이 역시 낯익은 주제들이지만 그러한 묵직한 주제들이 소설에서처럼 작품에 노출되면서 자연스럽게 시적 울림으로 전해지는 것은 낯선 풍경이다. 반듯한 문장과 분명한 진술, 그리고 선명한 주제는 시에서 그리 권장되는 사항은 아니다. 시는 소설과는 달리 얼마간 모호한 표현에 의미를 감추면서 여운을 만드는 것이 미덕으로 간주되는 경향이 있다. 비밀의 매력과 의미의 다중성을 살리기 위해서일 것이다. 하지만, 그것이 그냥 애매한 표현으로만 그치거나, 메아리 없는 중얼거림에 머무는 경우도 많다. 그리고 그것이 오늘날 시를 사소한 소품으로 전락시키는 요인이 되고 있는 것도 사실이다. 그런 저간의 사정에 비추어 볼 때 정확한 문장과 치밀한 논리로 심중한 주제를 뚜렷이 드러내는 그의 시에서 우리는 오랜만에 시의 무게와 위엄을 느끼게 된다.

이희중 시인의 시는 늘 화면이 확실하게 보인다. 이런 식의 작업은 문학에서는 겸양과 미덕이다. 그의 시는 췌사나 작위적 과장이 없어 사실화 쪽이긴 하지만 잘못 쉽게 생각하다가는 그가 얼마나 인프라 구축에 공을 들였는지 그 정교함에 놀라게 된다. 그의 시에는 금기시되는 논설적 제목과 설명이 제법 즐비하다. 그러나 그 시들은 간단히 구분된 금기를 넘어 우리에게 오히려 시의 자유분방함과 천진한 여유를 보여주고 오염된 사고나 현란한 기교가 아니고 따뜻하고 순수한 마음씀씀이로 우리를 위로해 준다.

살다보니 가끔 어떤 시가 세상에 한참 남을지 짐작이 가는 때가 있다. 그것은 시인의 꾸준한 믿음과 고집이 보이는 시, 세상에 쉽게 결탁하지 않고 적당히 쉬운 길을 택하지 않고 다른 이의 시와는 언제나 구분되는, 그래서 외로워도 자신의 길을 꾸준히 가는 시들이다. 바로 그 길을 이희중 시인이 가고 있다고 나는 믿고 있다.

그의 시의 어눌하고 온건한 정서가 모르는 사이에 우리 영혼을 정화시키고 커다란 울림으로 감동을 준다. 참담한 고통의 현실을 정면으로 대면해 이겨내고 또 넘어서서 생의 비의를 인간의 따뜻한 체온으로 녹여주고 있다. 그래서 그의 은유는 바로 인간이 미진한 존재라는 슬픔에서부터 시작된다.

마종기(시인)

**이희중**   1960년 밀양에서 태어났다. 1987년부터 시를,
1992년부터 문학평론을 써 발표하면서 시집『푸른 비상구』
『참 오래 쓴 가위』, 문학평론집『기억의 지도』『기억의 풍
경』『삶〉시』등을 펴냈다. 전주대 국어교육과에서 일하고
있다.

문학동네시인선 098
**나는 나를 간질일 수 없다**
ⓒ 이희중 2017

1판 1쇄 2017년 9월 15일
1판 3쇄 2018년 12월 10일

지은이 | 이희중
펴낸이 | 염현숙
책임편집 | 김민정
편집 | 김필균 도한나
디자인 | 수류산방(樹流山房)
본문 디자인 | 유현아
마케팅 | 정민호 박보람 나해진 우상욱
홍보 | 김희숙 김상만 이천희
제작 | 강신은 김동욱 임현식
제작처 | 영신사

펴낸곳 | (주)문학동네
출판등록 | 1993년 10월 22일 제406-2003-000045호
주소 | 10881 경기도 파주시 회동길 210
전자우편 | editor@munhak.com
대표전화 | 031) 955-8888  팩스 | 031) 955-8855
문의전화 | 031) 955-3576(마케팅), 031) 955-2678(편집)
문학동네카페 | http://cafe.naver.com/mhdn
북클럽문학동네 | http://bookclubmunhak.com

ISBN 978-89-546-4723-6 03810
값 | 8,000원

www.munhak.com

**문학동네**